重启地球

RESTART THE EARTH

周群 马传思◎主编

侯晓彤 刘佳◎编著

北京理工大学出版社

BEIJING INSTITUTE OF TECHNOLOGY PRESS

图书在版编目（ＣＩＰ）数据

重启地球 / 周群, 马传思主编 ; 侯晓彤, 刘佳编著.
-- 北京 : 北京理工大学出版社, 2024.4
（中国青少年科幻分级读物. 中学卷）
ISBN 978-7-5763-3762-4

Ⅰ. ①重… Ⅱ. ①周… ②马… ③侯… ④刘… Ⅲ. ①幻想小
说-小说集-中国-当代 Ⅳ. ①I247.7

中国国家版本馆CIP数据核字（2024）第064872号

责任编辑：李慧智	**文案编辑**：李慧智
责任校对：刘亚男	**责任印制**：施胜娟

出版发行 / 北京理工大学出版社有限责任公司

社　　址 / 北京市丰台区四合庄路 6 号

邮　　编 / 100070

电　　话 / （010）68944451（大众售后服务热线）
　　　　　　（010）68912824（大众售后服务热线）

网　　址 / http：//www.bitpress.com.cn

版 印 次 / 2024 年 4 月第 1 版第 1 次印刷

印　　刷 / 河北盛世彩捷印刷有限公司

开　　本 / 880 mm×1230 mm　1/32

印　　张 / 9.25

字　　数 / 177 千字

定　　价 / 39.80 元

· 总序

亲爱的中学生朋友：

你们好！欢迎来到充满未知和神奇想象力的科幻世界！

本丛书共四册，每一册分别聚焦一个主题——

《远行柯伊伯》的主题为"探索与热爱"。科幻是关于探索的文学，这一册中的作品充分体现了人类对科学和新技术的无限热爱和不懈追求；

《重启地球》的主题为"警示与担当"。收录的作品不仅提供了对未来可能风险的预见，还强调了我们作为地球公民的责任与担当；

《多维接触》的主题为"多元与理解"。这一册中的作品呈现了不同的文化甚至宇宙文明之间的碰撞与融合。同学们不仅能从中感受到多样性文化的魅力，还将学习如何在差异中找到共通，从而培养更为开放和包容的心态。

《镜像中国》的主题为"国风与传承"。中国传统文化为科幻作家们的创作提供了丰富的素材和灵感。这一册中的作品不仅能引领同学们对现代化进程中的机遇与挑战进行深入思考，还能帮助你们坚定文化自信与自我认同。

在翻阅过程中，细心的同学会发现，在每一篇作品前都有编者精心撰写的导读文章，正文后还设有"思想实验室"栏目。可能有的同学要问：什么是"思想实验"？丛书中为什么要设置这样一个版块？

先说什么是"思想实验"。

"思想实验"是科学探索中一种强大的认知工具，指科学家在没有实际实验条件的情况下，通过构想出特定的情境和条件，推理和分析可能出现的结果或行为的反应，从而对一个想法或理论进行验证，进而探索和发现规律。科幻作品通过构建极致化的情节和充满惊奇感的场景，将复杂的科学哲学与技术伦理等重要问题呈现给读者，为读者提供既安全又充满想象空间的环境来探索各种"如果"，这样的阅读和思考的过程实际上就是在进行一种探索性的"思想实验"。基于编者对科幻作品"思想实验"这一价值的认识，中学卷中特别设置了"思想实验室"栏目。期待同学们借助栏目中问题的引导，打开思维边界，激发出自己对未知事物的好奇心和求知欲，并且在逻辑思维、辩证思维和创造思维方面得到长足的发展，最终获得深刻的洞察力和宝贵的智慧。

希望这套丛书能够成为同学们认识世界、了解自我、探索未知的伙伴。相信在这套丛书中，你们能发现启迪思想的光芒，感受到探索未知的激情，滋生出面对现实世界挑战的勇气。

祝同学们阅读愉快！

编者

2024 年 4 月

目录

大角，快跑！

潘海天

《大角，快跑！》主人公是一个名叫大角的少年，他生活在木叶城，这是一座大进化后的城市，高悬于空中，位于森林深处。但是由于瘟疫横行，人们正在罹患病痛。他的妈妈也不幸感染了瘟疫。为了救治妈妈，大角去哀求已经筋疲力竭又回天乏术的医生。医生告诉他有一个万能药方，里面的东西必须到其他城市去寻找，而且只有七天的时间。大角别无选择，义无反顾地踏上了寻"宝"之路。这一条寻"宝"之路，亦如人生的成长之路，大角将看到怎样奇异的世界，与哪些形形色色的角色相遇？他将怎样获得药方中的东西，最终母亲和木叶城能够得救吗？让我们跟随着作者的想象，去一一破解吧。

这篇作品采用的是儿童视角。孩子的目光是敏锐而新奇的，孩子善于发现，有强烈的好奇心。正如少年大角，他不断地奔跑着，接连来到蒸汽之城、快乐之城、倏忽之城、道之城、恐怖森林、黑鹰部落，每到一个地方，都含有懵懂的发现，都是一次新奇的冒险。小说借助大角的眼睛，自然地呈现出一个奇异而丰富的世界。此外，大角所经历的城市不仅建筑不同、景象不同，而且人们的生活状态、价值观也全然不同。小说除了用大角的眼睛去看，还让大角与不同城市中的不同角色进行对话，这些对话中充满了哲思。比如在蒸汽城，大角最终在劳动后获得了水银，然而当他看到机械重复而毫无意义地劳作时，他发出"可这是为了什么呢"这样的疑问，引人思考。在浮游城，大角看到了海港繁荣热闹的景象，甚至有来自中国的巨大航船。大角问热情勇敢的赫梯人为什么选择去漂流，赫梯人说我们活着，是因为我们要了解这世界上的一切。在这里，大角开始去探寻活着的意义。倏忽之城，那里的人认为享乐至上，他们认为活着就是要享受快乐，而快乐又是什么呢……大角一路的经历，一路的疑问，催促着他成长，由一个懵懂孩童长成一个善于思考、勇敢乐观的少年。

这篇小说中对于城市建筑的想象很值得关注。小说中提到，曾经世界是由建筑师掌管的，建筑师创建了许许多多的城市。有些城市能够和睦相处，有些城市却由于建筑理念的不同而纷争不断，以至于后来爆发了战争，从此城市之间彼此分隔，再也无法相互协调。在大角生活的时代，每一个城市都有其独特的建筑风格。比如木叶城是一座树形城市，人们住在一个个悬挂着的小舱室——鸟巢中。森林帮助他们抵御外敌，为他们提供食物、衣服以及无忧无虑的生活。对于建筑的想象，小说的呈现非常丰富：巨无霸式的钢铁城市，由五万个巨大的浮箱托起的浮游城，道之城密布着地下通道和人行天桥组成的庞大曲折的迷宫，当地居民在其间上上下下，如同巢穴里密密麻麻的白蚁。这样的建筑设计，在小说中不单纯是想象力的表现，而是深切地影响了城市居民的生活方式。"这样，一条由生存空间带动生活方式、由生活方式影响人物性格、由人物性格推动情节发展的创作路径就此显现出来。"*

* 《大角的三色世界》，作者黄灿，《科普创作通讯》2013 年第 1 期。

· 正文

一、药方

天快亮的时候，大角从梦中惊醒，鸟巢在风雨中东颠西摇，仿佛时刻都要倒塌下来。从透明的天窗网格中飘进的昏暗的光线中，他看见一个人影半躬着背，剧烈地晃动双肩。她坐在空中的吊床上，仿佛飘浮在半明半暗的空气中。

"妈妈，妈妈，你怎么了？"大角惊慌地叫道。

妈妈没有回答，她的双手冰凉，呕吐不止。一缕头发横过她无神的双眼，纹丝不动。

那天晚上，瘟疫在木叶城静悄悄地流行，穿过了一个又一个的枝干，钻进悬挂着的成千上万摇摆的鸟巢中。这场瘟疫让这座树形城市陷入一个可怖的旋涡中，原本静悄悄的走道里如今充满了形状各异的幽灵，死神和抬死尸的人川流不息。

大角不顾吊舱还在摇摆不止，费力地打开了舱室上方的孔洞。他钻入弯弯曲曲的横枝干通道中，跑过密如迷宫的旋梯，跑过白蚁窝一样的隧道。他趴在一个个的通道口上往下看，仿佛俯瞰着一个个透明的生活世界。室内人的影子倒映在透明的玻璃上，遥远而虚幻。

大角窥视着一个又一个鸟巢，终于在一个细小分岔尽头的吊舱里找到了正在给病人放血的大夫。大夫是个半秃顶的男人，他的脸色在暗淡的光线下显得苍白和麻木，他的疲惫不堪与其说是过度劳累，还不如说是意识到自己在病魔之前的无能为力造成的。病人躺在吊床上，无神的双眼瞪着天空，手臂上伤口中流出来的血是黑色的，又浓又稠，他的生命力也就随着鲜血冒出的热气丝丝缕缕地散发在空气中。

大夫终于注意到了他，大夫冲孩子点了点头，心领神会。他疲惫地拎起药箱，随他前行。一路上默默无声。

在大角的鸟巢里，大夫机械地翻了翻妈妈的眼皮，摸了摸脉，摇了摇头。他甚至连放血也不愿意尝试了。

"大夫，"大角低声说道，他几乎要哭出来了。"大夫，你有办法吧，你有办法的吧？"

"也许有……"大夫犹豫了起来，他摆了摆手，"啊，啊，但那是不可能办到的。"他收拾起看病的器械，摇摇晃晃地穿过转动的地板，想从天花板上的孔洞中爬离这个鸟巢。

但是大角揪住了大夫的衣角，"我只有一个妈妈了。大夫。"他说。他没有直接请求大夫做什么，而是用乞求的目光注视着他。孩子们的这种神情是令人怜悯的。大角只是一个瘦弱、单薄、苍白的孩子，头发是黑色的，又硬又直，眼睛很大，饱含着橙色的热泪。不知道为什么，即使是看过无数凄凉场景的大夫也觉得自己无法面对这孩子的目光。

大夫不知所措，但是和一个小孩总是没得分辩的。再说，他做了一天的手术，又累又乏，只想回去睡个好觉。

"有一张方子，"他犹犹豫豫地说道，一边悄悄地往后退去，"曾经有过一种万应灵药，我有一张方子记录着它。"

"在过去的日子里，"大夫沉思着说，"这些药品应有尽有，所有的药物、食品、奢侈品，应尽有，可是后来贸易中断了。那些曾经有过的云集的大黑帆，充斥码头的身着奇异服装的旅行家，装满货物的驮马——都不见了。而后来，只剩下了贪得无厌的黑鹰部落。现在我们什么都没有了。没有了。"他那瘦长而优雅的手指，神经质地不停敲打着药箱的皮盖，"没有了。"

"告诉我吧，我要去找什么。"大角哀求说。

大夫叹了口气，他偷眼看着孩子，看他是否有退让的打算："要治好你妈妈的病，我们需要一份水银，两份黑磁铁，一份曼陀罗碎末，三颗老皱了皮的鹰嘴豆，七颗恐怖森林里的金花浆果——最后，你还需要一百分的好运气才行。"

趁着大角被这些复杂的名词弄得不知所措，大夫成功地往入口靠近了两步，"这些东西只有到其他城市去才有可能找到，"大夫嘟囔着说，"到他们那儿去——或许他们那儿还会有吧。"

"其他城市？"大角惊叫起来。

"比如说，我知道蒸汽城里——"大夫朝窗外看去。在遥远的下面，很远很远的地方，一座黑沉沉的金属城市正蠕动着横过灰绿色的大陆。"那些野蛮人那儿，他们总会有些水银吧——"

大夫告退了。临走前，他再一次地告诫说："要记住，大角，你只有七天的时间了。"

木叶城是一座人类城市，当然是在大进化之后的那种城市。在大进化期间，人类分散成了十几支种族，谁也说不清是城市的出现导致了大进化还是大进化导致了各种城市的分化。

木叶城就像一棵棵巨型的参天大树。那些住满人的小舱室，像是一串串透明的果实，悬吊在枝干底下，静悄悄地迎着阳光旋转着。每一棵巨树可以住下5000人。在最低的枝丫下面二三百米处，就是覆盖着整个盆地的大森林顶部。从上往下望去，那些粗大的树冠随风起伏，仿佛一片波澜壮阔的绿色海洋。他们的高塔是空气一样透明的水晶塔，就藏在森林的最深处。森林是城市唯一的庇护所，森林帮助他们抵御外敌，为他们提供食物、衣服以及无忧无虑的生活。

大角蹲坐在透明的飞行器那小小的舱室里，轻盈地随风而下。其他的小孩在他的上空尖叫，嬉闹，飘荡，偶尔滑翔到森林的上层采摘可食用的浆果。他们是天空的孩子，即使瘟疫带来的死亡阴影依旧笼罩在他们头上，也没有什么东西可以阻止他们快乐地飞翔。

有一个他认识的小孩在他上方滑翔回旋，他叫道："嘿，大角，你去哪儿？和我们去耶比树林吧，今天我们要去耶比树林，我们要去耶比树林玩儿。"大角没有搭理他，他让飞行器继续下降，下降到很少有人涉足的森林下层空间去，下降到葛蔓纠缠的地面去。那些密密麻麻的葛藤和针刺丛是保护木叶城的天然屏障，但在森林边缘，这些屏障会少得多。

已经是秋天了，无数的落叶在林间飞舞。飞行器降落在林间空地上，仿佛一片树叶飘然落地。

森林边缘这一带的林木稀疏，大角把飞行器藏在一片大叶子下，把手指伸进温和的空气中，林间吹来的风是暖暖的，风里有一股细细的木头的清香，细碎的阳光洒落在他的肩膀上。踏上坚实的大地的时候，他小小的身体不由自主地战抖了一下。他的背上有个小小的旅行袋，袋里装着食物，还有一条毯子。他的腰带上插着一把短短的小刀，刀子简陋但是锋利，那是妈妈送给他的生日礼物。城市里的每个男孩都有这样一把刀子用来削砍荆棘，砍摘瓜果。大角爬起身来，犹豫着，顺着小道往有阳光的方向走去。

稀疏的森林在一片丘陵前结束了，坚实空旷的大地让他头晕。他想起妈妈以前讲述过的童话故事，在那些故事里，曾经有过生长在土地上的房子，它们从不摇动，也不会在地上爬行，那些小小的红色尖屋顶鳞次栉比，迷迭香弥漫在小巷里，风铃在每一个窗口摇曳。如今那个年代一去不复返了。

还有七天的时间。

肉眼就能看见地平线上正在堆积起一朵朵的云，由于它们携带的水汽而显得沉重不堪。望着那些云朵在山间低低地流动，大角仿佛看见时间像水流一样在身边飞奔盘旋而逝，而那些毒素在妈妈的体内慢慢地聚集，慢慢地侵蚀着胃肠心脏，慢慢地到达神经系统——最后是大脑。

"不要。"他拼命地大声尖叫，使劲搅碎周遭的时间水流，向着地平线上缓慢前进的黑色城市飞奔而去。

二、水银

大角跑啊跑啊，他跨过稀疏的灌木，绕过低矮的山丘。他跑近了那座超尺度的钢铁怪兽。

越靠近这只怪兽，就越能感受到它的高耸直入云端。这只山一样高大的怪兽正喘着粗气挪动身躯，巨大的黑色屋顶向南延伸着，压着地平线上的一座座山丘；铁皮屋顶环抱的中央，棱角分明的黑色金属高塔刺破天空。这座城市所经之处，就在地上犁出 200 道深达 10 米的沟壑；它每喘息一声，就从背上的四千个喷嘴中吐出上千吨的水蒸气和呼啸声。在它的脚下，大角就像是巨象脚下的一只蚂蚁般微小。

这就是蒸汽城。可怕的巨无霸钢铁城市。

在这个城市中，每一座建筑都是相互插入的单元组合体，仿佛扩散的细胞单元一样。它们都是模数化的，可移动的，并可以从其组合的对象中抽离。密密麻麻的人群拥挤着，生活在其中。大角害怕地想到，在如此拥挤的细胞单元，身体接触几乎不可避免。这要比黑暗、嘈杂、杂乱无章等等这座城市给他的所有其他印象还要让人难以接受。

尽管害怕得直打哆嗦，他还是追上了城市的入口。蒸汽城的大门是悬在半空的黑色金属阶梯，斜支着伸出城市的躯体，仿佛一柄锋利的犁头，在它锋利的锐角上，包裹着一路上翻起的土坯和草皮。大角在城市的行进路线上找到了一个高起的土丘，他爬上去，站在顶端，当黑色的金属阶梯喘息着爬行过来的时候，他伸手攀住阶梯的下沿，跳了上去，就像在大风天气里从树干上跳入摇晃的飞行器中一样轻松。

里面是一个永恒地发着低沉响声的黑暗洞穴。这儿永远摇摇晃晃，没有个停止的时候。充满耳朵的喧嚣噪声也撞击震荡着整个洞穴。

大角站在洞口，他看见了下面一座座无比庞大的机械装置，映照着暗红色的火光，机器脚下围绕着一群群的小人儿，仿佛一堆弱小的蚂蚁围绕着巨大的奇形怪状的甲虫尸体在忙碌不停。

大角慢慢地走了过去，那些小人儿变成了高大的、全身都是起伏的黑色肌肉的大汉，他们挥汗如雨，忙忙碌碌。他们的头上、身上，投射、挥舞、旋转着巨大的金属长臂的黑影。一个铁塔一样的黑大个儿拦住了他。他用一种厌恶的神情站着看了大角一会儿："啊，这个——是——什么？"他叫道。

"我是个孩子。"大角怯生生地说，"我是来找水银的，大夫说，我能在这儿找到水银。"

"孩子？"黑铁塔皱着眉头使劲地盯着他看，"够了，你是从木叶城来的吧？啊哈，你是那些无所事事的资产阶级享乐分子，你们总是索取，就没有想到过付出。"

"我不是享乐分子。"大角分辩说，"我只想要一点点水银。"

"啊，没错，我们这儿有水银。"黑铁塔吼着说，"我们这儿有水银，但是你得用劳动来交换，不劳而获是可耻的。"

"可是我的妈妈……"

"好了，你想不想要水银？"

大角咬着牙不吭声了。

"跟我来。"黑铁塔伸出大手，拉着他走了进去。大汉长满老茧的大手握住大角的胳膊的时候，他猛地打了一个激灵，只是因为想到了妈妈，才没有叫出声来。

大角走得离那个大机器更近了，热气冲入他的头脑和肺部，让他头晕目眩。黑沉沉的洞穴壁上映照着火焰跳动的影子，水珠从上方不停地滴下，弄得这儿湿漉漉的。

他看到了20头围着水车转个不停的骡子戴着眼罩，低着头一步步地踩在自己的脚印上；他看到了数不清的大汉们，他们有的人没有右手，腕上装着铁钩，使劲地转动轮盘，黑乎乎的机油在肩膀上流淌，汗水飞溅在他们脚下。大机器发出轰鸣的巨响，是一种有节奏撞击声。

黑铁塔狂喜地咆哮了一声，加入了他们的行列。他把一个曲柄让给大角，吼道："转动它。"

"为什么要转它？"

"不为什么，只是转动它。"

"可这些都是为了什么呢？"大角疑惑地说。

"别管那么多，劳动让我们快乐。"

"可是你们为什么要劳动呢？"大角要费上所有的劲才跟得上大汉们的节奏，可他还是张开嘴不停地问啊问啊。

"我们的劳动让这城市行走。"

"城市要到哪里去？"

"不知道，我们不需要知道。运动是生命，我们只要运动。"黑铁塔吼道。

"你们为什么不让机器自己转呢？"大角说，"为什么不用省力的方法呢……"

"你怎么有这么多为什么？"黑铁塔叫道。"你想要更省力吗？啊哈，想要偷懒吗？"

"我们要劳动啊，嘿呦，掌心涂上松香啊，嘿呦……"黑铁塔喊起了号子。

"我们要劳动啊，嘿呦，擦亮每颗螺钉啊，嘿呦……"他们回应道。

"劳动让我们生存啊！"黑铁塔咆哮着说。

"劳动最快乐啊！嘿呦。"大家一起回应着。

一声尖利的汽笛在洞穴中呼啸，几乎把大伙儿的耳朵都震聋了；大机器的各个孔眼中冒出滚烫的蒸汽，嘶嘶作响，人影淹没在其中。"好啦，弟兄们，时间到了，"黑铁塔疯狂地叫道，"转回去，现在往回转啊。"罩着眼睛的骡子被吆喝着调转头，继续周而复始它们的圆圈；黑汉子们绷紧肌肉，淌着热汗开始向另一个方向用劲。轮盘在倒着转，长臂在倒着挥舞，被提升到高处的水，一桶桶地倾倒回金属深井里。时光仿佛在倒流。

"可这是为了什么呢？"大角低声问道。没有人回答他。

大角劳动了整整一天，他细细的胳膊一点劲儿都没有了，他的脸上抹满了黑色的机油，猛地看上去，他和一个劳动者也没有什么差别了。

"好样的，小伙计，"黑铁塔伸出他的大手拍了拍大角的肩膀，"第一天干成这样就不错了。给你，这是你要的东西。如果你愿意，我们也可以收回这份报酬，给你发一枚劳动奖章。"

劳动奖章啊，所有的人都充满妒忌地望着大角。水银流动着，冒着火热的白气。大角聪明地拒绝了这份荣誉。"我还要赶路呢，再见，大叔。"他匆匆忙忙地把药包揣在怀里，跳下蒸汽城大门那巨大的黑色阶梯，跑远了。

黑铁塔在后面叫道："劳动与你同在，孩子。"

三、磁铁

大角跑啊跑啊，他觉得蒸汽城里那单调的歌声一直在后面追赶着他。他跨过了清清的小河，跑过繁茂的草地，地平线上的云压得更加低垂了，带着湿气的风从草原的尽头吹来。

还没有到傍晚，暴风雨就来临了。眨眼工夫，大雨倾盆而下，到处电闪雷鸣，半透明的雨丝密密麻麻地交织成白色的帘幕，黑夜仿佛提前降临了。大角什么都看不见，他不得不摸索着爬到一棵歪倒的老橡树上躲避这场暴风雨。他用小毯子裹着上身，趴在粗大分叉的枝丫上，冰冷光滑的皮肤贴着树皮。半夜里，雨小了一些。大角不舒服地蜷缩着，似睡非睡，在静寂中听着沉重的雨滴响亮地从高处砸在树干上。

第二天，大角醒来的时候，觉得全身又酸又痛。雨停了一会儿，四周的一切都是湿漉漉的。裸露的皮肤接触到潮湿的空气，他觉得很冷。

一阵阵浪花拍溅声传到他的耳朵里，这是大海的声音吗？

大角翻身爬起来，把小小的背囊飞快地收拾好，朝海边跑去。他还从来没有看到过大海呢。

海岸边长满低矮的棕榈和椰子树，沙滩上散布着东倒西歪的树干和烂椰子。大角跑过金色的沙滩，沙子漫过他的脚面；大角越过那些黑色的礁石，他看到了波光粼粼的大海。

承接了一场暴风雨的大海依旧雍容平静，这儿的唯一声响，就是长长波浪永无休止地撞击沙滩的低语声。"啊，啊，啊。"大角轻轻地叫道，大海就像是高高的木叶城脚下一望无际的森林顶部，它比无风日子里的森林还要光滑柔顺。浪花扑上他的脚踝，弄湿了他刚刚被早晨的阳光烤干的衣服。

眼尖的大角一眼看到了遥远的水面上漂浮着什么东西，它们像水浮莲一样，团团围成几圈，随波逐流，越漂越近了。

哈，那是赫梯人的浮游城市啊，大角高兴地叫了起来，那是另一座人类城市，那是快乐之城啊。

浮游城市漂近了，他看到那上面一层层皱褶式的棚屋紧紧地挤在一起。在靠近水面的地方，到处都是开放着的小码头，浮动的桅杆和旗帜，时隐时现的人影使码头显得生机勃勃的，水面上小船在来来去去，几条大船在那儿转圈撒网。

他们很快发现了独自站在海滩上的大角。赫梯人总是望着远方。

"上来吧，小子。"一条离岸很近的小帆船上的水手喊道，他把船一直开到了很近的距离。大角抓住了他伸过来的手，跳上了小船。

船上有三到四个水手，都在对着这个小孩微笑。他们都有青色的皮肤，光滑的胳膊和腿部，脚趾分得很开，以便在摇晃的船上站得稳稳当当。"孩子，你要到哪里去？"那个拉大角上船的水手，戴着有飘带的白色水手帽，拉着帆缆，开开心心地问他。

"我是来替妈妈找药的，"大角说，他把医生的药方告诉了水手，"我已经找到了水银，可是我还没有其他的东西。我还没有磁铁，我还没有曼陀罗，我还没有金花果。"

"啊，即使是国王也没有这么多的宝物，"水手带着宽容的微笑说，"可是我可以帮你搞到磁铁。等我们的工作完了，你就可以跟我来。"

雨又开始下，弄湿了他们的衣服和水手帽，他们还是很快乐。赫梯人总是快快乐乐。"再下一天的雨，我们的储水舱就会满了。"一个脸色黝黑、栗色头发的年轻人带着心满意足的神色说道。听着他的语调，连大角也为他们感到高兴。

小船儿沉沉浮浮，渐渐远去的陆地仿佛也在一起一伏，大角觉得自己仿佛回到了在风中旋转的鸟巢中似的。他坐在船头，清楚地感受到了钓鱼的人们的欢乐。他们撒落鱼饵，把亮闪闪的鱼钩放入海底，拉线，银光闪闪的鱼儿为失去自由而狂蹦乱跳。

"我们在这儿钓了不少鱼啦。"水手说，他兴高采烈地吹响了返航的喇叭。他们高声呼喊着，把船桨插进桨栓，朝城市划去。

码头是一圈漂浮的木制平台，它们用链条连接在同样漂浮着的城市上。五万个巨大的浮箱装满了空气沉在水中，就是它们托起了整座城市。正是收网时节，平台边沿泊满了满载而归的拖网渔船、单桅船和三桅快船。码头上一片繁忙。船舱里的鱼没过了水手的膝盖，他们古铜色的皮肤和油布衣服上，鳞片在闪闪发光。他们冒着小雨把成桶成桶的青鱼装进了木桶和箱子里，街道上洒满了亮晶晶的鱼鳞。妇女和姑娘们坐在长长的桌子前剖鱼，那儿弥漫着浓浓的腥味，害得那些海鸥尖叫着不断朝她们俯冲。

水手降下风帆，在码头上系紧小船。他吩咐其他人留在那儿卸船，然后对大角说，"孩子，跟我来。"他伸出手来，大角犹豫了一下，接了他的手。水手把大角扛在肩上，穿行在码头拥挤的人群中，躲避那些负着重的人们。孩子觉得自己就像驾着小船，轻快地分开人群的波浪前进着。带着腥味的风从他的胳肢窝下穿过，他开始快乐地笑了起来。脚下那些忙碌着的人，也在冲他微笑。赫梯人总是不断微笑。

"告诉我，水手，你们为什么快乐？"大角忍不住问道。

"为什么？啊哈，这可不是一个好回答的问题。"水手哈哈笑着回答，"我们活着，所以我们快乐。"这可不是一个令大角满意的回答，他皱着眉头，可是又不知道怎么再问。

水手带着他横穿过了城市的环状地带，到了城市的内环海中。在柔顺的雨丝下，这儿的圆圈海就像一面平静的缎子，雾气从这里升起，对面的城市朦朦胧胧，穿过薄雾的尖塔和屋顶。在圆圈海的一边，围成环状的城市留下了一个狭长的开口，像是劈开的峡谷。船只就通过这个缺口进出内外海。

圆圈海这儿是一个更大的港口，停泊的是那些远洋的货船、高大的炮舰，还有可以装下 600 人的大船。水手的小帆船和它们比起来就像未满月的婴儿一样柔弱无力。这儿的平台上挤满了来自远方的商人和冒险家。他们带来的人们从未见过的货物散发着奇异的香味，他们带来的漂亮的丝绸和衣物发出炫目的光泽。"大夫说所有的贸易都中断了，"大角惊叹着叫道，"你们这儿的贸易始终没有停止吗？"

"啊，没有。没有什么东西可以拦住航海人的脚步。"水手自豪地说。"看到港口中央那些九桅的大帆船了吗？"大角看到了它们，它们有着与众不同的高大龙骨，船头两侧描画着鲸鱼的巨眼，看那些还留着风暴侵蚀痕迹的船体，就知道它们穿过了不可思议的遥远航线。

"他们是从中国来的，他们带来了航海者必需的指南针。"水手开心地说。"以后有一天，我也会到那样的一条船上去，我要当船长，带着我的船周游整个世界。"

所有的高高桅杆上都系着长长的飘带，像水手帽子上的飘带一样随风摆动。

"看，那儿是我们的高塔。"水手说。在水中央，有一个木制的 200 米高的风车固定在圆圈海的圆心位置，转动的风车叶片比最高的桅杆还要高。它在水中高傲地孤独地缓缓转动，安然静谧，但又带着不可阻挡的力量。"运动是我们的生命。"水手说。

一声巨大的震动摇晃着整个城市，此起彼伏的汽笛响彻在圆圈海内。

"出了什么事，水手？"大角惊疑地问。

"我们的城市要起锚了，我们将顺着洋流和潮水漂往下一个锚地。"

"告诉我，水手，你们为什么漂流？"大角忍不住问道。

"我们活着，是因为我们要了解这世界上的一切。"水手庄重地说。"我们赫梯人认为，每个人活着都有他必须要完成的使命，而我们的使命，就是要环游世界，去了解一切新事物，把它们记下来，并且告诉每一个人。我们刚从欧罗巴大陆漂过来，我们还将要漂到亚美利加去。"

"啊，你们的使命可真好。"大角说，"我现在的使命是救我的妈妈。"

水手带着大角到了修船厂。那儿泊满了破碎的航船，看那些被撕成布条的风帆，和被浪头打烂的船舵，就知道它们曾经跟大海与命运勇敢地搏斗过。

活泼的水手微笑着从一艘破船上拆下了一个废弃的罗盘，从里面取出磁铁交给了大角。那块黑色的磁铁还带着海水和风暴咸咸的气息。"祝你好运，孩子。"他对眼前这个又小又瘦的孩子说，"等你的妈妈治好了病，就和我去周游世界吧，你来当我的大副。"

大角惊讶地仰起头来望着水手，"啊，你会要我吗？"他从水手的眼睛里看到不是随口说说的神色时，就快乐地叫了起来，"哇，这太好了。不过我还要去问问妈妈。"

"那是当然啦，"水手说，"下一步你要去哪儿呢？你要去恐怖森林吗？如果潮水合适，我们可以送你到白色悬崖那儿，再往后你就得靠自己啦。"

夜里，快乐之城静悄悄地漂向南方的时候，大角就睡在码头上的一间屋子里。

雨一直没有停，大角想象如果雨一直下，一直下，有一天，木叶城所在地方也会变成海底，那时候，人类将会怎么生活，他们将会建出海底的城市吗？也许他们还会长出鳃来，像鱼一样生活。他迷迷糊糊地躺着，他的目光从倾斜的窗子里看出去，看到外面的海洋很深的地方有鱼游过，有的光滑，有的长着鳞片。他那么看了一会儿，闭上了眼睛，听到外面的海浪拍打着码头，像是拍打着他的耳朵。过了一会儿，他睡着了。

四、曼陀罗

天刚亮，大角就站在白色悬崖上，向他刚结识的朋友们招手告别了。在背后吹来的咸咸的海风中，他算计着剩下的时间——要抓紧啊，大角，剩下的时间不多了。

大角把小小的背囊挎到身上，飞奔起来。大角跑啊跑啊，他跨过了水草丛生的沼泽，跑过光秃秃的卵石地。正午的骄阳如同灼热的爪子紧搭在他的肩上，汗水在他的背上画下一道道黑色的印迹。白色的道路沿着奇怪的弯曲轨迹，在他面前无穷尽地延伸着。

一阵喧闹声伴随着叮叮咚咚的音乐，像天堂的圣光一样降临到他的头上。大角惊异地抬头，看到海市蜃楼一样出现在他上方的空中城市。

那是倏忽之城，库克人的飞行城市啊。它可以通过飞机和热气球移动。库克人都是天生的商人和旅行家，他们自由自在地在空中飘浮，唱着歌谣，和鸟儿为伴，随着风儿四处流浪。

他们看到了地上奔跑的孩子，从城市的边沿探出身子看着他。他们就问："他是谁？他为什么要跑？他叫什么名字？我们拉他上来吧，风不是把我们吹向他奔跑的方向吗？我们可以顺路带他一段呢。"

"嘿，好心的人们，"大角听到了他们的话，他跟着城市在大地上投下的阴影奔跑着，挥着手叫道，"我要上去，请让我上去吧。"

很快，从城市边沿垂下来一些软绳和绳梯，大角顺着它们爬上了库克人的飞行城市。

"你们能帮我带到恐怖森林去吗？"

"只要风向合适，我们可以带你去任何地方。"库克人说，"你从哪儿来，孩子？"他们问道。

"我从木叶城来。我到过了蒸汽城，拿到了水银；我还到过了赫梯人的城市，拿到了磁铁；我还要去恐怖森林，那儿有我要的金花浆果。"大角回答说。

"哈哈，你是说地上那些无知的农夫，乡下佬吗？他们像蚂蚁一样终日碌碌，苦若牛马，不知享乐，他们那儿也能有这些好东西吗？"他们笑道，拉着手风琴，跳着舞步，簇拥着大角到那些漂亮的广场和大道上去了。道路和广场的两端到处是绿树葱茏，花团锦簇。

"你真幸运，"那些库克人说道，"我们正要上升，这儿的阳光不够好，我们要升到云层上面去。等我们升到云层上，就看不到你啦。"

大角好奇地四处张望，他看到阳光灿烂地铺在四周，照耀在每一片金属铺就的街石上。"我看这儿的阳光已经够好的啦。"他说。

"不，这儿的阳光还不够好，我们要拥有所有的阳光，每一天，每一刻。我们可以躺在广场的草地上，只是喝茶，玩骨牌，还可以什么也不做，把身子晒得黑黑的。"

"现在你们也要晒太阳吗？"大角小声地问道，偷偷地摸了摸自己晒得发烫的胳膊。

"不，现在我们要游行。"库克人快乐地叫道，"今天是游行的日子，我们要游行。"

巨大的热气球膨胀起来，所有的发动机开足马力，向下喷射着气流。飞行城市高高地升到了云层上空。现在阳光更灿烂、更辉煌了，所有那些镀金的屋脊、金丝楠木的照壁、金色的琉璃瓦在阳光下闪闪发光，整个城市变成了被明亮的太阳照得明晃晃的巨大舞台。

游行开始了，大概所有的库克人都挤到了街道和广场上，他们抬着巨大的花车，还有喷火的巨龙，骑在高大的白马上的盔甲武士。街道两侧的高楼上在向下抛撒鲜花，站在阳台上的人们开始弹唱，人群中的小伙子和姑娘们互相追逐，发出快乐的尖叫。白种人、黄种人、黑种人，各种混血儿，穿着绣满花纹的软缎、带花边的罗丽纱、华贵的天鹅绒，就连奴隶也披着带金线流苏的紫色缎子站在队伍中；空气中散发着浓烈的香气，那是从欢乐的人群中、从道旁的小花园、从金丝楠木制造的轻巧屋子、从每一个角落散发出来的，熏衣草香、檀香、麝香、龙涎香，这是一股混杂各种香气和色彩的快乐洪流，冲刷着库克城市的每一条大街小巷。

这儿的拥挤让大角害怕极了，他几乎不可避免地要碰到其他人身上，身体的接触让他觉得难受极了。

"告诉我，库克人，你们为什么快乐？"大角忍不住问道。

"快乐是因为我们还活着，活着就是要寻找快乐。"快乐的库克人说道，他们给了大角几粒小小的青黑色的果实，把果皮划开，从那些伤口上就会渗出一滴滴的乳白色液汁，随风而起一股跃跃欲动的香甜气息。

"来吧，孩子，这就是曼陀罗，它能治好你妈妈的病，也能让你快乐起来。来吧，闻闻这股香味，和我们一起跳舞，和我们一起歌唱。"快乐的感召力是如此强大，即使是忧伤的大角也忍不住要融化到这股洪流中去了，他们在旋转、旋转、旋转。他们弹拨着琵琶、吉他、竖琴、古筝、古琴、箜篌；他们吹奏着海螺、风笛、竖笛、笙、筚篥、铜角、排箫；他们击打着腰鼓、答腊鼓、单面鼓、铜磬、拍板、方响……大角从来没有听过这么多的乐器一起吹奏出的快乐的音符，它们混杂成了一股喧嚣的噪声；他们跳着恰利那舞、剑舞、斗牛舞、拍胸舞……大角从来没有见过这么多种轻柔飘逸、千姿百态的舞蹈，它们混杂成了迷眼的彩色旋涡。

在充斥着整个城市的幸福感的巨大压迫下，大角稀里糊涂地跟着游行队伍转过了不知道多少街道，多少星形广场，多少凯旋门。他累极了。边上的人递给了他一份冒着气的汽水。"现在你觉得快乐了吗，孩子？"

"是的——"大角喘着气说。欢乐在他晒黑的脸庞上闪着光，他一口气喝光了杯中的饮料。

"那就留下来，和我们一起生活。"

大角犹犹豫豫地刚想点头，可是，他突然想起了还躺在床上，等着他回去的妈妈。

"可是我的妈妈——她就要死了。"

"别为她担心，如果她曾经快乐过，那她就不会因为死亡的到来而痛苦。"库克人说道，"生活只是一种经历过程——啊，当然啦，如果她不是一个库克人，那她就从来没有快乐过，死亡就将是痛苦的……"

"不对，我们也很快乐，如果能够不得病的话……"大角说，他想起了唱号子的黑汉子，梦想周游世界的水手，"我从其他城市经过，他们好像也都很快乐。"

"你们也快乐过？"库克人哈哈大笑，他们现在都停下来看这个奇怪的背着背囊、插着小刀的小男孩了。"我们每天每刻都快乐，因为我们经历着所有这一切。其他的城市？他们终日劳累，像骡子一样被鞭打着前进，他们没有时间抬头看一看，他们享受了生活的真谛吗？"他们说得那么肯定，连大角也开始怀疑自己是否真正快乐过了。

"那么告诉我，库克人，"大角忍不住问道："什么时候开始有不一样的生活呢？"

"这要去问我们的风向师，问我们的风向师。"他们一起喊道，"我们不关心这个。"

五、风向师

在倏忽之城的最前端，像利箭一样劈开空气和风前进的，是一层层装饰着青铜和金子，由轻质木料搭建的高高的平台，它们紧系在纵横交错的帆缆绗索上，以一种错综复杂的关系延伸出去，在城市的端头形成一簇簇犬牙交错的尖角。这儿没有那些喧闹的人群，只有风儿把巨大的风帆吹得呼呼作响，把那些缆索拉伸得笔直笔直的。

坐在最高最大的气球拉伸的圆形平台上的风向师是个胖老头，他晒得黑黑的，流着油汗。黑乎乎的络腮胡子向上一直长到鬓角边，在蓬乱的须发缝中露出一双狡黠的小眼睛。他也许是这座飞行城市上唯一不能不工作的自由人。工作需要他坐在这儿吹风、晒太阳和回忆过去。他很高兴能有个人来和他聊聊天，可是别人总是把他忘了。

"怎么，你想听听关于过去的生活吗？"老头眯缝起小眼睛，带着一种隐约的自豪，"这儿只有风向师还能讲这些故事，那是很久很久以前从陆地上来的一个行吟歌手那儿听来的。"他蹙着眉头，努力地回忆着，开始述说。

很久很久以前，建筑师掌管着一切事物，他们的权力无限大。建筑师们对改良社会总是充满了激情，他们发明了汽车和管道，让城市能够无限制地生长；他们发明了消防队和警察局，来保护城市的安全。因为有许许多多的建筑师，也就拥有了许许多多的城市。

有些城市能够和睦相处，有些城市却由于建筑理念的不同而纷争不断，以至于后来爆发了大战争。大战以后，成立了一个建筑师协会以调协各城市之间的纷争，这个协会也叫作"联合国"。

联合国先后制定了《雅典宪章》《马丘比丘宪章》《马德里宪章》和《北京宪章》*，这些都是关于城市自由发展的伟大的学术会议成果。但是最终在会议上产生了巨大分歧。最有权力的建筑师脱离了协会，开始发展自己的大城市，他们在巨大的基座上修建高塔，高塔上镌刻着金字，告诉市民们拯救世人的生活方式；他们设计规划了城市的每一条街道，把自己的光荣和梦想砌筑到城市的每一个角落去。

正是在这个时候，反对建筑师的人们成立了一个党派叫作"朋克"，他们剃着光头，穿着缀满金属的黑皮衣，抽着大麻，捣毁街道和秩序。后来朋克和建筑师之间爆发了战争。这可是真正的战争呐。

"可是你刚才就已经说过战争了。"大角说。

"啊，是吗，"风向师搔了搔头，说，"也许有过不止一次的战争吧？那么久的事了，谁知道呢？——就在建筑师们节节败退的时候，那个神秘的阶级出现了。我说过那个阶级吗？"

---

* 《雅典宪章》：1933 年，现代建筑派的国际性组织——国际现代建筑协会（CIAM）在雅典召开会议研究现代城市建筑问题，分析了 33 个城市的调查研究报告，提出了一个城市规划大纲，即《雅典宪章》。

《马丘比丘宪章》：1977 年在秘鲁首都利马召开了国际建协会议，总结了从 1933 年雅典宪章公布以来四十多年的城市规划理论与实践，提出了城市规划的新宪章——《马丘比丘宪章》。

《马德里宪章》和《北京宪章》：先后于 2011 年和 2088 年在西班牙首都马德里和中国首都北京召开的国际建协会议上制订的城市规划理论。

"没有。"

"啊哈，那是个在建筑师之上的隐秘的高贵的阶级。就像那个古老的谚语一样，每一个狮子的后面都有三只母狮。这时候，人们才知道，建筑师所需要的巨大的能力和金钱都掌握在那个神秘阶级的手中。这个古怪的阶级总是喜欢隐藏在生活的背后，对社会事物做出一副毫无兴趣的样子，实际上，他们才是真正的操纵者。

"在隐秘阶层的支持下，朋克被打败了，他们被赶出城市，变成了强盗和黑鹰——可是，和朋克之间的战争记忆让人们充满恐惧和猜疑，因为传说有些城市是暗中支持那些捣乱的黑衣分子的。于是城市与城市之间的分歧越来越大，他们开始互相谩骂指责，所以战争过后，联合国就崩溃了。"老头总结说，"城市之间彼此分隔，再也无法相互协调——这就是大进化时代。"

那个老风向师使劲地回忆着这个故事，那些平时隐伏在他大脑各处的片段受了召唤，信马由缰、放任自流地组合在一起，这个故事里好多地方纠缠不清。但是，如果他想不起来的话，就没有人会知道历史是什么样子的了。

大角听得似懂非懂，可是他不敢置疑这个城市中唯一的史学家。

"每个城市都有高塔吗？那你们的塔在哪儿呢？"他问道。

"我们没有高塔。库克城是唯一一没有高塔的城市。你看不出来吗？我们就是那个隐秘的高贵的民族。"老头的眼睛埋在长眉里，带着揭开一个秘密的快乐神情说，"我们默默无闻，但是负担着大部分维持秩序的责任。我们富有，快乐，并且满足——不需要那些虚无的哲学来指导我们的生活。我们在其他城市中投资，并且收取回报，还不起债的那些城市居民，就沦为我们的奴隶。"

他指了指天空，"看哪，孩子，几乎没有人知道，是我们在统治着这一切！库克城不需要为土地负责任，我们拥有云和风，我们拥有天空和太阳。我们才是世界的真正主人。"

库克城追着阳光很长很长一段时间，终于，太阳在和风儿的赛跑中领先了，消失在雾气茫茫的云层下方。天色暗了下来，但是立刻有五彩缤纷的焰火升了起来，装点着库克城的天空。

大角入神地看着，"真漂亮！"他惊叹，"但是如果有一天，这一切再也不能给你们快乐了，那怎么办？"

"看到最前面的尖角了吗？"风向师指给他看，大角向前看去，他看到了悬在空中的那个黑色的不起眼的锐利尖角，看到了在黑暗中它那磨损得很是光滑的金色栏杆。

"有时候是一个人，有时候是两个人。如果是两个人，他们就会在那儿拉着绳缆爬出栏杆，斜吊在晃晃悠悠的缆绳下，他们会拥抱着吊在那儿对着大地凝望片刻。然后，噗——"风向师说，"他们放开手。"

"啊！"大角惊叫一声，猛地退缩了一下，空气又紧又干，闯入他的咽喉，"他们从那儿跳下去？"

"不快乐，毋宁死。"风向师带着一种理解和宽容的口气说，"只是这么做的大部分都是些年轻人，所以我们的人口越来越少了。"

"我们很需要补充新人。你是个很好的小孩，你愿意到我们的城市来吗？"

大角迷惑了一阵，他问："我可以带我的妈妈一起来吗？"

"大人？"风向师以一种轻蔑的口吻说，"大人不行，他们已经被自己的城市给训练僵化了，他们不能适应这儿的幸福生活。"

风儿呼呼作响。在风向师的头顶上，一只造型古怪的风向鸡嘀嘀嗒嗒地叫着，旋转了起来。

胖风向师舔了舔手指，放在空中试了试风向。他皱着眉头，掏出一支小铅笔，借着焰火的光亮，在一张油腻的纸上计算了起来，然后掰着手指头又算了一遍。他苦恼地搔着毛发纠葛的额头对着大角说："风转向了，孩子，我们到不了卡特森林，不得不把你放在这儿了。"

"好了，那就把我放在这儿吧。"大角说，"我找得到路。"

"你是要到恐怖森林吗？那儿听说可不太平静。你要小心了。"

"我有我的刀子，"大角摸了摸腰带勇敢地说，"我什么都不怕。"

库克人的城市下降了，云层下的大地没有月光，又黑又暗，只有飞行城市在它的上空像流星一样带着焰火的光芒掠过。

大角顺着绳梯滑到了黑色的大陆上。在冰冷的黑暗中，他还听到好心的风向师在朝他呼喊，他的话语仿佛来自天上的叮嘱。"小心那些泥地里的蚱蜢，那些不懂礼貌和生活艺术的家伙们。"他喊道。

六、鹰嘴豆

天亮的时候，大角还在远离恐怖森林的沼泽地里艰苦跋涉。热风浮动着，飘过田野，匆匆忙忙地追赶流光。

现在他的时间更紧了，他飞奔向前。大角跑啊跑啊，他穿过了稀疏的苜蓿地，跑上了一条坑坑洼洼的小道。泥泞的小道上吸满了夜里的雨水，灌满水的坑洼和高高的土坎纠缠在一起。

大角一边在烂泥地里费劲地行走，一边蹦跳着尽力躲避那些水洼。突然之间，他就掉到陷坑里去了。

陷坑只是一个浅浅的土坑，但是被掩蔽得很好，所以大角一点儿也没有发觉。他刚从烂泥里拔出脚，想在一小块看上去比较干的硬地上落脚，一眨眼的工夫，就头朝下栽在坑里面，脸上糊满了烂泥。就在他摔得昏头昏脑的时候，听到路旁传来一阵响亮的笑声。

那个哈哈大笑的小家伙比大角大不了多少，精瘦精瘦的，青黑色的皮肤上沾满黑泥，身上套着一件式样复杂的外衣，但那件外套实际上却遮挡不住多少东西。

"你好！"大角说，他爬起身来，忍着痛和眼泪，对小男孩说道，"我是来替妈妈找药的，我的妈妈病了，你能帮我找药吗？"

"我不和笨孩子交朋友，"那个小男孩高高兴兴地叫道，他后退了一步，蹙起眉头看着大角，"你看上去笨头笨脑的，你一定是个笨小孩。"

"我一点儿也不笨。"大角生气地反击道，他也叫得很大声，其实他心里也没有底，因为从来也没有人告诉过他，他是聪明的还是笨的。

"你掉进了我挖的坑里。"男孩兴高采烈地叫嚣着，"如果你够聪明，就不会掉进去了。"

大角的脸掩藏在湿漉漉的黑泥下，只剩下骨碌碌转动着的眼珠露在外面。远处，在男孩子身后的地平线上，露出一些银光闪闪的尖顶，那是一座新的人类城市吗？他望着这个陌生的喜欢恶作剧的小男孩，突然灵机一动："你们这儿所有的人都不和比自己笨的人交朋友吗？"

"那是当然。"男孩骄傲地说。

"如果这样的话，比你聪明的人就不会和你交朋友，而你又不和比你笨的人交朋友——所以你就没有朋友了，这儿所有的人都会没有朋友——你们这儿是这样的吗？"

那孩子给他搅得有点糊涂，实际上大角的诡辩涉及集合论、悖论和自指的问题，就算是大人一时半会儿也会被搞晕掉。他单腿站在泥地上，一会换换左脚，一会换换右脚。"那好吧，"他最后恓恓不快地说道，"我可以带你去找我的先生，他那儿或许会有药。"

城市就建在小山丘后面的黑泥沼地里，因为没有参照物而看不出来它离此地有多远，但是在大角和小男孩深一脚浅一脚地走向它的时候，太阳却慢慢地滑过天际。

大角跟着男孩穿过了那些弥漫着泥土气息的小路，顺着几乎是无穷无尽的残破石阶，踏着嚓嚓作响的破瓦片，走进了城市。他看到了那些高高低低重叠错落地摞在头顶上方的木头阳台，以及沿着横七竖八的巷陌流淌的水沟。突然间飞尘弥漫，大角忍不住打了个喷嚏，原来有人在头顶上的窗口中拍打地毯。

大角看到了那些城市住民。他们的衣服看上去复杂得很，但个个倒也风度翩翩。他们拢着双手，一群群地斜靠在朝西的墙上晒着太阳，看着那个孩子和大角走过，只在嘴角露出一丝神秘莫测的笑容。

城里的道路曲折复杂，小男孩有着惊人的灵巧，他带着大角穿街过巷，爬垣越壁，有几次他们几乎是从另一户人家的阳台上爬过去的。在一座破败的院落门口，大角看到一张裱糊在门楣上的黄纸上用墨笔写着两个字"学塾"。

"到啦，你在这等着吧，谁也不知道先生什么时候会来。"大角的新朋友扔下一句话，一回身就跑没影了。

院里原本很宽敞，但是堆满了旧家什、破皮革、陈缸烂罐，以及一些说不出名堂的大块木材和巨石。这些东西虽然又多又杂，但按照一种难以察觉的规律分门别类地摆放着，倒也显现出一点错落有致的秩序来。灰暗的光线从被切割成蛇形的长长天空中漏了进来，洒在大角的身上和脸上。一股久不通风的混杂气味从这个幽暗的院子深处慢慢洋溢出来，让人不敢向前探究它的静谧。

在这包融着僵硬的酸臭味的黑暗中，有人在身后咳了一声。大角转过身来，就看见一个半秃顶的中年人走进院子里来。他瘦得走起路来轻飘飘的，没有脚步声，可是看上去风度儒雅，颔下一缕稀疏的胡须；两手背在后面，提着一本书，仿佛一个学者模样。

看见大角，他又咳了一声，道："噫，原来是个小孩。"

"我是从木叶城来的，我是来找药的，"大角说，"我找到了水银，我找到了磁铁，我找到了曼陀罗，现在我还差鹰嘴豆，我还差金花浆果，我还差好运气，再找到这些，我的药就齐了——你能帮我找药吗？"

"不急不急，"学者说，他倒提着书在院子里踱步，表情暧昧，不时地偏起头打量一下身上依旧糊满黑泥的大角，"原来是个小孩。你刚才说你是打哪儿来的？你是从木叶城来的。啊，那儿是一个贵族化城市，可是也有些穷人——我看你来回奔波，忙忙碌碌，为财而死，未必不是个俗人。"

"我不是为了钱来找药的，我是为了妈妈来找药的。"大角说。

"啊，当然当然，百义孝为先。"学者连连点头，嘴角又带上那点神秘莫测的笑容，"这种说法果然雅致得多。看不出足下小小年纪，却是可钦可佩。"

大角好奇地看着这个高深莫测的院中人，"你们不工作吗，那你们吃什么呢？"

"嘻——，"学者拈着胡须说，"我们这儿乃是有名的礼道之邦，君子正所谓克己复礼，淡泊自守，每日一箪食、一壶羹足矣，自然不必像俗人那样，吃了为了做，做是为了吃，这就是'尔然疲役而不知其所归'了，唉——可怜可怜。"

"像你们这样真好，"大角说，"可是你这儿有我要的药吗？"

"不急不急，"学者低头看了看表说，"小先生从远处来，还未曾见过此地的风貌吧，何不随我一同揽山看月？此刻乃是我们胸纳山川、腹吞今古的时间啊。"

天渐渐地黑了下来，低悬在天际的月亮越来越亮。大角爬到院子里摞着的木块石片上，学着先生的样子，挺直身子，踮着脚尖，向外看去。

米勒·赛·穆罕默德·道之城的建筑看上去和它的名字一样精巧而不牢靠，它实际上一直处于一种未完成的状态中。从外面望去，它就像一种浮雕形式的组合以及光影相互作用下的栅栏，连续的外壳被分离成起伏褶皱的表面，就像覆盖在城市居民身上破碎的衣服布片。

大角看到了那些污秽腥臭的台阶，地下通道和人行天桥组成庞大曲折的迷宫，当地居民在其间上上下下，如同巢穴里密密麻麻的白蚁。

大角看到了在被城市的烟雾沾染得朦朦胧胧的月亮下面，在高低错落的屋脊上，一个透明的、精巧复杂的高塔雪山一样矗立着。

"那是你们的高塔吗？它上面为什么有影影绰绰动弹的黑点呢？它上面随风飘舞的是些什么呢？"大角瞪大了他的黑眼睛，惊恐地看着高塔："你们的塔上住着人？你们在高塔上晾晒衣物？"

"当然啦，可以利用的空间为什么不用？"学者拈着胡须，微微笑着说，"善用无用之物不正是一种道吗？"

相对于大多数城市居民来说，大角现在可以被称为一个旅行家了，但他在其他城市中，从来没有发现过神圣的哲学之塔被靠近和触摸过，更别提被使用的了。他满怀惊异之情地再次向这个美妙的可以居住的高塔望去，发现这座高塔是歪的。它斜扭着身子，躲让紧挨着它腰部伸展的两栋黑色建筑，好像犯了腰疼病的妇人，不自然地佝偻着。

"你们的高塔为什么是歪的呢？你们就不能把它弄得好看一点吗？"

"啊，好看？我们最后才考虑那个，"学者轻蔑地说。"要考虑的东西多着呢，我们要考虑日照间距、容积率、城市天际线以及地块所有权的问题。对文明人而言，礼仪是最重要的。"他拢着双手，神情怡然地直视前方，直到天黑下来什么也看不见了。

"看山的时间结束了吗？"大角忍不住问道。

学者仿佛意犹未尽，"噫，真是的，观此暮霭苍茫，冷月无声，不知不觉就忘了时间了。"

"现在您可以帮我找药吗？"大角问道。

"唔，是这样的，我们这儿有些鹰嘴豆。"学者说，仿佛泄露了什么大秘密，颇有些后悔。

他偷偷摸摸地瞟着大角，老脸上居然也生出一团异样的酡红，"看来小先生长途跋涉，自然是身无长物了。嗯，可是这把刀子看上去倒也不错呀。"

"是呀，"大角说，"这是我妈妈送给我的生日礼物。你可以给我一些鹰嘴豆吗？"

"你的刀子可真的不错呢。"学者说。

"你要是喜欢这把刀子，我可以把它送给你的。"大角说。

学者伸手摸了摸刀子，又还给他，微微一笑："小先生把我当成什么人了。唉，君子不能夺人所爱，何况你是个小男孩，何况你还要到恐怖森林去，刀子总是有一点用的。"

"恐怖森林里到底有些什么呀？"大角忍不住问道。

"那儿其实什么也没有，根本就没有什么好害怕的。"学者连忙说道，仿佛后悔说出了刀子也有一点用的话。过了一会儿，他又不好意思地补充说，"事实上，那儿有一只神经兮兮的猫，它有一个谜语让你猜，只要你猜对了就能过去。"他模棱两可地说道，"虽说有点危险，可是也蛮安全的。实际上跑这么远的路，你真应该带一把雨伞，这儿的雨水总是很多。我们这儿雨伞比较有用。"

"可是我再没有别的什么可以和你做交换的了。"大角说，

"你说得也不错，不是我想要你的刀子，可我们这儿如果没有善于利用自己财产的话，会被人笑话的。"学者说，"那我们就换了吧。"

他给了大角三颗硬邦邦的鹰嘴豆，豆子又青又硬，散发着泥土的气息。

"这是一种很好的麻醉剂，我们可以用来捕鱼，"学者惋惜地说，"你做了一笔好买卖呢。"

他捏了捏小刀的鞘。"嘻，是银的刀鞘吗？我喜欢银的，我还以为是白铜的呢。"学者说。

七、金花果

清晨的森林里弥漫着灰蒙蒙的水雾，那儿就是恐怖森林。从道之城出来就一路飞奔的大角不由得放慢了脚步。

森林让他想起自己的家，然而从这座灰暗的密林中飘来陌生的

气味，那是毒堇和腐烂落叶的霉味。那些传说鬼魅一样紧跟着他，在灰雾中生出许多幢幢的摇晃的鬼影。大角简直害怕极了，可是只要想到风中孤零零旋转的吊舱，吊舱里幽灵仿佛在低头俯瞰低声呻吟着的妈妈，妈妈的脸上只剩下摇曳的一线生机，仿佛吊在吊舱上的一股细钢缆绳，他就鼓足勇气，向深处走去。

雾像猫一样的轻盈，它在密林盘身蹲伏，随后又轻轻地走掉了。

天色逐渐亮了起来，大角猛然发现，就在他的面前不足十米的小道上，藤茎缠绕的蜜南瓜丛中蹲伏着一个毛色斑斓的庞然大物，它没精打采地打着哈欠，用一只琥珀色的眼睛，睡眼惺忪地盯着大角。

大角不由自主地伸手到腰带上摸刀子，却摸了一个空。他垂下空空的双手，踌躇了一会儿。他有点发抖但还是迈步向怪兽走去，就像希腊人走向斯芬克斯。

"站住，你侵犯私人领地啦！"那只怪物懒洋洋地叫道，"你从哪儿来？"它睁开了全部两只眼睛，充满怀疑地盯着他看。它有一双尖尖的耳朵，身上布满纵横交错的斑纹，长得就像一只大猫。

"对不起，"大角鼓足勇气说道，"我是从道之城来的，昨天我是在道之城，前天我是在倏忽之城，大前天我在快乐之城……"

"啊哈，"大猫轻蔑地打断了他的话说，"城市？我听说过那种地方，那里到处是石头造的房子，用铁皮挡雨，地上铺着热烘烘的稻草，住户们像老鼠一样拥挤其中，为了抢热水和上厕所的位置打个不停……哼，"它突地打住话头，上上下下地看大角，"那是人类居住的地方，你到那儿干什么？"

大角还没来得及回答。大猫仿佛刚刚从睡梦中清醒过来，它兴奋地咆哮了一声，叫道："啊，我知道了，这么说你是个人类！"它的咆哮声在灰暗的丛林中四处回荡，吓得几只鸟儿扑哧哧地飞出灌木，也吓得大角打了个寒战，他们那儿从来没有人会在说话的时候向对方咆哮。

"知道吗，小人儿，你面对的是一只进化了的动物。"大猫歪了歪头，用眼角瞥着小男孩，它的笑容带上不怀好意的意味，"我们不再听命于你们了，驾，吁——再翻一垄田，去把拖鞋叼过来，哈，这种生活一去不复返了，这真是太妙了，妙啊！告诉你我们为什么要造反吧——你知道我们动物活在世上是怎么回事吗？"

"我不知道，"大角老老实实地摇了摇头，"我们不养动物。"

"啊哈，那你是不知道我们曾经过着那么短暂的，却是那么凄惨而艰辛的生活了。"大猫生气地嚷道，"那时候，我们每天只能得到一束干草，或者只是一小碟掺了鱼汤的冷饭，而且我们还要不停地干活，逮老鼠，直到用尽最后一丝力气。一旦我们的油水被榨干，我们就会送到肉店去被杀掉。没有一个动物懂得什么是幸福或空闲。猫们不能自由自在地坐下来晒晒太阳，玩玩毛线球，牛不能自由自在地嚼青草，猪不能自由自在地泡泡泥水澡……没有一只动物是自由的。这就是我们痛苦的、备受奴役的一生。"

它猛地伸出一个有着锋利指甲的爪趾，指点着小男孩瘦小的胸膛叫道："看看你们这些寄生虫，人是一种最可怜的家伙，你们产不了肉，也下不了蛋，瘦弱得拉不动犁，跑起来慢吞吞的，连只老鼠都逮不住。可你们却在过着最好的生活——我们要奋斗！为了消除人类。全力以赴，不分昼夜地奋斗！小孩，我要告诉你的就是这个：造反！我们要造反！"

大猫伸手从旁边的藤蔓上扭下一个金黄的蜜南瓜，"咔嚓"一声就咬掉了半个。它显然对它的演说很满意，它满足地在地上打了一会儿滚，接着跳起来对大角说："现在这个丛林是我们的，总有一天，整个世界也会是我们的。我们动物，将会在首先觉悟的猫的领导下，团结起来，吃掉所有的人。妙啊！"

"我不知道你说的那些，"大角怯生生地说，"我妈妈病了，我是来找药的。"

"生病了有什么关系，"大猫不满意地瞪着大角，呼噜呼噜地吹着气，"人一死，烤来吃掉就行了——你应该请我一起去吃，这是盛行的待客礼貌，你不知道吗？"

"我们那儿从来从来都不这样做。"大角吓了一跳，他小声分辩说。

"好吧，好吧，"大猫不耐烦地围着大角打起转来，"我不想理会你们那些人类的陋习，还是好好想想该把你怎么办吧。"

"我？"大角紧张地说。

"你放心，我不是屠宰场的粗鲁杀手。我正在学习你们的文明，我看过很多很多书，发现了关键的一点——你知道文明的最中心是什么吗？"它直立起身子，兴奋地自高自大地拍着胸膛，"让我告诉你，是礼仪与艺术。是的，就是礼仪与艺术。这将是我们建立猫类文明的第一步。"

"你想过路，那么好吧，"它鬼鬼祟祟地滑动着猫步，狡黠地说道，"只有聪明的人才有资格通过这里，你必须猜一个谜语。"

"如果你猜不出来。"它偷偷摸摸地笑着，刚啃过的蜜南瓜的液汁顺着它的下巴往下淌着，"我就要吃掉你。这个主意真是妙，嘻嘻，妙。"

它幸灾乐祸地笑眯眯地说出了那个谜语：

脚穿钉鞋走无声，

胡子不多两边翘，

吃完东西会洗脸，

看到老鼠就说妙。

"哈哈。你一定猜不出来的，你猜不出来。"它说。

"是猫。"大角说。他有点犹豫，害怕这道简单谜题后面隐藏着什么陷阱。可这是小时候妈妈经常说给他猜的谜语，那些温柔美丽仰人鼻息的小动物虽然在生活中消失了，可是人类坚韧不拔地在图画书上认识它们，并把它们的故事传到下一代，让他们重温万物之灵的旧梦。

"猫，为什么是猫？"怪兽大惊失色，往后一缩，愤怒地揪着自己的胡子："你说，为什么是猫？"它的尾巴高高翘起，让大角一阵害怕。

"你们都说是猫，只有我不知道为什么。"它痛苦地在地上打着滚，搔着痒痒："我的胡子是往两边翘的，可是我从来没穿过钉鞋，我吃完东西会洗脸吗？这是我的秘密，你们人类怎么会知道？我从来从来从来就不对老鼠说妙，答案为什么会是我？为什么每个蠢笨的人类都这么说？为什么？——现在我预感到，这是个重要的谜语。"

它折腾够了，爬起身来，望着灰蒙蒙的时起时落的雾气发着呆，喃喃自语："生命的永恒和瞬逝是一道什么样的二律背反命题呢？老鼠存在的意义是什么？难道它们也和高贵的猫儿一样拥有意义吗？我们聪明、温谦、勇敢，甚至可以吃掉小孩，可是我们却搞不清楚一个谜语——这是个令猫害怕的神秘隐晦的课题，我预感到，这很重要，很重要……"

不需要别人教他，大角趁着这只在哲学思辨中迷失了方向的大猫忧郁地望着黑幽幽的森林，仿佛是动物社会中的苏格拉底，一刻不停悲凉地思考时，轻轻地一溜，就顺着路边溜过它的身畔。

大树灰暗的阴影下，深黑色的灌木丛里，有星星点点小红点在闪烁，那就是大夫要的金花浆果啊。大角伸出手去，那些浆果冰凉，还带着露珠。一颗，两颗，三颗……现在大角有了七颗金花浆果了。

大猫还没有从它那深切的思考中清醒过来，大角把药包紧紧地揣在怀里，像在暗夜的森林中迷路的小兽，仓仓皇皇、跌跌撞撞地奔跑着。

跑呵，跑呵，草叶划过他的脚胫，露珠沾湿他的脚板，可是他还是一刻不停地奔跑着。

现在可以回家了。大夫的单子里还有一份好运气，可是他不知道去哪儿寻找。好运气只是一种说法，世上本没有这种实物，大角想，也许大夫说的并不是他妈妈要的药，而是找药的人需要这种好运气，如果是这样的话，那么现在就可以回家了。

跑出了恐怖森林，大角发现，再有不到一天的路程，他就可以回到木叶城了。在不知不觉中，他在大陆和海洋间兜了一个大圈子。在这场漫长的奔跑当中，他时而清楚，时而迷糊，有时候他似乎看清了什么，有时候这些东西又离他而去。

大角奔跑着，忽然之间，也许是怀中的药物萦绕的香味带来的幻觉，让他看清了蕴藏在心底深处中的景象，他的心忽然一阵颤抖，如激动的水花要跳出海面。他知道他将要给大家讲述什么。他要给大家讲述以前的一些伟大的城市，亚历山大里亚、长安、昌迪加尔，还有巴西利亚，那些建筑师们创造了一种生活。每一条街道，每一个广场，每一片设计精巧或者粗笨厚重的檐瓦，都渗透着建筑师的思想在里面。城市的居民们就生活在他们的思想当中，呼吸着他们的灵魂，倾听着他们的声响。

每一种哲学或者每一种狂热都有自己的领域，在每个领域当中都有一个巨大的抛光花岗岩基座，在这个坚实的基座上，每一种哲学都得以向空中无限延展。那就是他们的高塔。

跑呵，跑呵，碎石硌疼了他的脚底，荆棘划伤了他的皮肤，大角奔跑着。

每一座高塔的倒地都意味着失败或者哲学体系的崩溃，那是一个壮观的场面。大地上曾经遍布人类，他们和驯化的动物们生活在一起。曾经有过更多的城市，如今它们都崩塌了吗？

他跑过了白天，跑过了黑夜，跑过短暂的黎明，跑过漫长的黄昏。

他跑过了晴天，跑过了阴雨，跑过雾沼，跑过干谷。

他看见一支庞大的队伍，浩浩荡荡地聚集在缓缓起伏的平原上，他们头上的旗帜上飘扬着不可战胜的、展翅飞翔的黑鹰标志。

"黑鹰，那是黑鹰部落啊。"大角惊恐地想。他停止了奔跑，充满恐惧地望着草原上那些没有城市的掠夺者，他们密密麻麻地挨挤在一起行进着，横亘了数百里地，挡在了大角回家的路上。

也许是第一次有人面对面地看到这个神秘而可怕的部族。关于他们有许多可怕和血腥的传说，他们凭借自己强大的武力和残忍的性情，在这整个世界上无所畏惧。正是他们像蝗虫一样横扫整个草原，摧毁路上的所有城市，把一座座哲学的高塔打得粉碎。

大角屏住呼吸，捏了一手的冷汗。他趴在一束高高的牛蒡草中，探出头去。他看到了开路的一队队的骑兵，穿着黑衣，呼啸着来回纵横，搅起漫天的黄色尘土；他看到了两千名奴隶排成两列，弯腰挖土，把崎岖不平的道路铲平，汗水在他们的肩上闪闪发亮。紧跟在他们后面的是一支庞大的运输队。他看到了五十对公牛，低着头拖着巨木拼造的沉重板车，一百根原木制成的轮轴被压得嘎吱乱响；他看到了五十名木匠在不停地更换车轴，加固车架，往圆木上涂油脂，两百名壮工在两边扶着车上摇摇晃晃的铁铸怪物。透过飞扬的尘土，那些影像给小男孩留下了刻骨铭心的印迹。这一队人马拖着缓慢的、永不停歇的脚步，越过山岭和草原，越过河流和谷地，坚韧不拔地走向他们的命运和目的地。

一座座钢铁怪物在大角眼前被拖了过去，留下大地上深深的车辙，刚刚铲平的弹道一样平整的道路转眼又变成了坑坑洼洼的泥潭。大角瞪圆了眼珠，突然明白过来，他们车上拉的是攻打高塔的巨炮啊。现在，他们又要去攻打一座新的城市了。

八、药没了

草原上行进着黑压压来势汹汹密密匝匝的人群，那些挎着长矛的骑兵，披着铠甲的重装步兵，散漫的轻步兵，一队一队地过个没完。太阳慢慢地斜过头顶，像是一个巨大钟面上的指针，面无表情、不可抗拒地转动着。大角躲在深深的草丛中，又饥又渴。他计算着时间和回家的路程，时间越来越紧了。

他决定另外找路回家。大角悄悄地倒退着离开那丛掩没他的牛蒡草，直起腰来，却惊愕地发现两个黑鹰部落的游骑兵勒着马伫立在前方低矮的小丘上，一声不吭地注视着他。

在那一瞬间，大角目瞪口呆，他动弹不得，属于他的时间仿佛在那一瞬间僵化冻结了。他眼睁睁地看着那两个骑兵，像张开黑色翅膀秃鹫一样策马飞驰而来，打着呼哨，他们的马蹄悄无声息，一阵风似的掠过了他们之间的距离。骑兵在马上猛地俯下身来的瞬间，大角能看到他鹰隼一样锐利的眼睛，闻到他身上那股冲动的野兽般的气息。随着一声响亮的撞击，大角就腾云驾雾般飞到了空中。

大角惊慌地喊叫，踢蹬着双脚，却只能让那双钢铁般的臂膊越夹越紧。风拍打着他的脸庞，他只能看见草地在他下方飞驰而过。

他被带到了一个闹哄哄的营地，一声不吭的骑士把小男孩甩在了地上，骑着马跑远了。大角惊慌地把药包抱紧在怀中，四处张望。此刻已经是傍晚时分，营地上燃起了无数的火堆，炊烟笼罩，空气中充斥着马牛粪燃烧的气味。这是一个有着深棕色皮肤的强壮的民族。男人们下颌的胡子剃得很光，随身携带着腰刀和武器。他们显然还保留着驯服动物的习惯。大角看到几只狗在营地中跑来跑去，几个背着小孩的女人吃力地在河边打水，她们为了一个水勺而大声争吵。

一时间，仿佛没有人注意到这个满脸惊慌失措的小俘虏，就在大角茫然四顾的时候，又从营地外冲进来几个骑马的武士，一个家伙叫道："嗬，看呐，他们抓到了一个小家伙呢。"

他们大笑着纵马围着惊惶的大角乱转，把大角包围在马蹄组成的晃眼的迷阵里，硕大的马蹄溅起的黑泥甩在大角的头上和脸上，酒气从他们的嘴里往外喷涌。"哈，我看他可以给你当个小马童。""还不如给你女儿当个小管家，哈哈哈。"他们看到了大角紧紧抱着的小包裹。"看呐，他还抱着个什么宝贝呢。"一个显然是喝得最醉的武士嚷道，他利落地抽出刀子，劈刺的亮光像一道优美的弧线划过大角的眼膜。

夕阳黯淡了下去。

"不要——"大角拼命地尖声叫喊了起来，在这一瞬间，整个营地寂静无声。他的喊叫声穿透了静悄悄流淌的河水，一直到遥远的红色花岗岩山才传出回声。那个肮脏的背着小孩的老女人掉过头来看他，令她们争吵个不休的铁制水勺掉在了地上。

压抑着愤怒和可怕的悲伤，大角低下了头。药包散在地上，水银有生命一般在地上滚动，汇聚又散开，渗入地下；珍贵的浆果被马蹄踏得粉碎，点点四溅，和马蹄下的污泥混杂在一起；那些沾满泥污的鹰嘴豆，带着海水气味的磁铁，沾染着风之清香的曼陀罗，都变成了破碎的泡沫；它们的香气散乱飘荡，仿佛一个精灵在风中卷扬，散发，化为乌有。

在无遮无挡的平原上奔跑时，太阳烤灼着他的肩脊，让他几乎要燃烧起来；在大树下露营时，露珠一滴滴地渗透他的毯子，让他感受夜的刺骨冰凉；在森林中的巨兽大声咆哮，威胁着要将他吞到肚子里；大角一直没有哭过。然而现在，一切都变成了可怕的值得哭泣的理由。看着地上散落的药包，泪水一下子冲出了他的眼眶。大角站在那儿，画面一幅幅地晃过他的面前，他悲从中来，为了梦想的破碎，为了生命的逝去，大角像一个初生的婴儿那样，放声号哭。

透过朦胧的泪水，一副贴着金片的马蹄踏入了他的眼睛，它们猛地冲了出去，又折回来，就在眼看要踩在大角身上时突然刹住了，停在他的面前，不耐烦地刨蹶子。

他听到马上传来嗤的一声轻笑，"我当是怎么回事呢，原来是个没用的哭哭啼啼的小孩，为了一包杂碎东西，哭成这个样子。"

大角抬起头来，看到了马背上骑着一个比他大不了几岁的女孩。她安坐在高高的马上，圆圆的脸儿晒得又红又黑，明亮的眸子在暮色中闪闪发光。她嘲笑式地用手中的马鞭甩着圈子。小马撅着蹄子，不耐烦地又蹦又跳。

"这不是杂碎东西，是给我妈妈的药，她就要死了。我是来找药的。我找到了水银，我找到了磁铁，我找到了曼陀罗，我找到了鹰嘴豆……本来只要再有一份好运气，我的药就齐了——可是现在……全都没了。"大角忍不住眼眶又红了起来。

"什么你的药，你的妈妈，现在都没有了。你是我的。"小女孩骑在马上，宣布说。

"为什么？"

"因为我们是强盗，强盗就是这样的呀。"女孩笑吟吟地说。她转身面对那几个现在毕恭毕敬的骑手，学着大人的口气说道："把他带到我的帐篷里来，这个小鬼现在归我了。"

大角被带到一座白色的帐篷中，两个武士退了出去。大角的眼睛适应了帐中点燃的牛油蜡烛的光亮，他看到宽大华丽的地毯尽头，一个漂亮的女孩正对着铜镜装束。她把一柄嵌满宝石的短剑一会儿正着一会儿斜着地插在腰带上，始终不太满意。大角进来后，她转头看了看大角，微微一笑，又快乐，又淘气，正是那个骑着马的小强盗。

她停止了摆弄短剑，盘腿坐在阿拉伯式靠垫上，拍了拍靠垫一边，说："过来，坐在我边上。"

大角倔强地摇了摇头，站在原地没有动。"我们那儿只有最亲密的人才能互相碰触。"大角骄傲地说。

小女孩脸色一沉，生气地说："可你现在是我的奴隶。我爱要你怎么样就怎么样——我还可以用马鞭抽你。"女孩示威地说，"如果你肯求我，也许我就对你好一点。"

大角睁大了眼睛，他还不太了解奴隶这个词的含义。"我们是自由的，"他反驳说，"我们从来不求人做什么。"可是他很快想起曾经求过大夫救他妈妈的生命，于是又迷糊了起来。

"呸，自由？"小女孩撇着嘴轻蔑地说，"只要我愿意，我们随时可以攻陷你的城市，把你们的男人全部杀光，让你们的礼仪和道德化为灰烬。"

"胡说，你们才不敢去攻打我们呢。"大角不甘示弱地喊道，"你们不敢来的，在森林里你们的骑兵施展不开，在森林里你们会害怕我们的飞行器，我们会从天上向你们倾泻石块和弓箭。"

小女孩满脸怒气地叫道："黑鹰从来就不知道什么叫作害怕。我们不去打你们，是因为你们那儿在传播瘟疫。现在我们要去攻打的是那个传说中的闪电之塔。我们要一直往那个方向走，草原大得很，我们也许要十年后才能回来——那时候，你会知道黑鹰的厉害。"

他们气鼓鼓地相互而望。一边站着瘦弱、肮脏、苍白的小流浪汉，头发是黑色的，乱蓬蓬地支棱着，在出来找药之前，他的生活单调恬淡，每日里所见的只是明媚的阳光、清澈的蓝天和幽深的山谷；一边坐着骄傲、高贵、矜持的小强盗，如牛粪点燃的火光辛辣，如她的短剑锋锐，她的生活自由辽阔，是永远没有止境的漂泊。帐中蜡烛的火焰猛烈地抖动着，轻烟氤成一圈圈发光的雾霭，然后一点一点地沉淀下来。他们相互望着，岁月流光在他们年轻的胸膛两侧呼啸而过。年纪如此相似却又无从相像，就如同一棵树上的果实却青红不一。造物主和光阴玩弄的把戏让他们充满好奇和相互探索的欲望。

"好啦，"忍受不住好奇，小女孩首先与大角和解了，"我的名字叫飞鸟。别生气了，和我说说你的城市，还有那些漂浮在海上的城市，飞行在云中的城市……和我说说吧——我想知道其他城市的生活，可是他们让我看的时候，那儿总是只剩些冒烟的断墙和残缺的花园。"

"它们是被你们摧毁的呀，你们为什么要当强盗？"大角忍不住问道。

飞鸟眉毛一挑："这是草原的规则呀。弱肉强食，只有最强壮的部落，才能够生存下来。你们放弃了大地，生活在城市里，用你们的礼仪约束自己，你有你们自己的生活方式——而我们要生存，就得遵照我们的生活方式。"

远处传来了三声号角，在夜风中轻快地传扬着，悠远嘹亮。

"哎呀，没时间了。"女孩叫道，"你的身上又脏又臭，你要赶快去洗个澡，换套衣服，然后和我去参加宴会。"

这些野蛮人的宴会在露天里举行。围绕着篝火散乱地围着一圈矮桌，桌子上摆放着成块地烧烤过的牛羊肉、干面包，还有大罐大罐的蜂蜜酒。这些野蛮人席地而坐。他们用银制的刀子把大块的肉削成薄片塞进嘴里，他们先咬一大块面包再往嘴里塞一勺黄油，他们喝酒的样子让人害怕他们会被淹死。

即使是在宴会上豪啖畅饮，每一个武士都依旧穿着他们的铠甲。他们带着长矛和圆盾，他们束着胸甲和胫甲，他们戴着黄铜的头盔，他们聚集在一起，金属的铠甲融化了火的光泽，这些可怕的掠夺者在金属的光亮下，锐利、灼热、生机勃勃。

一位雄壮的武士端坐在篝火的另一端，他就是黑鹰——这个部落正是因为他的骁勇善战，因为他的残暴虐杀而扬名天下。令大角惊讶的是，他已经不年轻了，他的脸上布着无法掩饰的皱纹和疲惫。坐在他身边的都是黑鹰部落的贵族和首领，他们人数不少，但是他们都老了，年轻的首领很少。此刻，他们正在吵吵嚷嚷，大声争论着什么。

"……那座高塔，没有什么东西能够穿越它守卫的分界线。我比谁都更了解这座高塔的威力。我亲眼看到3 000名进攻者死在它发出的死亡之光下……"一个白发苍苍的老人在讲述那次失败的进攻和三千名死去的骑兵时，他的脸上依旧是一副勇敢的神情，但他的膝盖却在微微发抖。

"不惜一切代价！不惜一切代价——"

"可是现在我们拥有了无与伦比的巨大火炮，我们拥有最好的铸炮匠人，我们用黏土模坯铸造出了整整20座大炮，我们正在把它们拖过整个大陆……"

"……必须有更大的火炮，射程更远，威力更大……"

"吭啷"一声响，一个酒杯被砸到了地上。

"这是个狂妄的计划！我们根本没有必要去翻越整个大陆去攻打那座小镇——这块平原富裕丰饶，给养充足，我们可以在这儿抢劫20个城市，我们可以在这儿舒舒服服地过上10年的好日子。谁都知道，那些人龟缩在高塔下过着与世隔绝的生活，他们贫穷，愚昧，呆滞，不思进取，我们不想为了芝麻大小的利益去和霹雳之塔作战。"一名坐在下首的首领突然跳起身来叫道，一道旧的刀疤横过他的眉毛，让他的神情显得曲扭凶狠。几名首领随声附和。大角注意到他们大部分都是年轻人。一些参加宴会的人仿佛感觉到了什么，他们悄悄地把手按到了剑柄上，关注但却依然平静地凝望宴席上首的动静。

"20 年了，"黑鹰仿佛没有注意酒席上剑拔弩张的气氛，他端着一杯酒，沉思着说道，"20 年前它让我们失败过；20 年来，它一直矗立在大陆的尽头，在嘲笑漠视我们的权威。纵横草原的黑鹰铁骑在它面前不得不绕道而行——那些被践踏过的种族，那些被焚烧过的城市，因为它的存在而欢欣鼓舞，因为它的存在而心存希望。你们知道我是怎么想的吗？"他端着酒杯，冷冷地环视左右，"这 20 年来，我在梦中都一直想着要攻打它，因为我知道，只要它存在，黑鹰部落就不可能成为真正的草原霸主，就不可能真正地扼住自己命运的咽喉。

"现在你们却要退缩吗？你们想要害怕吗？你们贪恋这块土地上的牛奶和蜜酒，却不明白终有一日这些鲜花都会死去，财富会死去，你们会死去，我也会死去，但有一样东西不会死去，那就是我们死后留下的荣誉。"

"黑鹰，"另一个年轻的贵族语气恭敬地说，"在你的带领下，我们在这块大陆上寻求流血和荣誉，赢得了草原的尊敬。"他语气一转，说道，"可是你已经老了，你的头已经垂下来了，你想要去攻占那座闪电之塔，到底是为了什么呢？——是为了你自己。你害怕被荣誉所抛弃，却要带我们走向死亡吗？"

"我依然是首领。"老人平静地说。

"那就证明给我们看吧。"年轻强壮的刀疤武士叫道，他从座位上跳了起来，拔出利剑，闪电般朝黑鹰砍去。这一下当真是人如猛虎，剑如流星。而黑鹰甚至都没有站起来，大角看到他眼睛里的一道亮光，在那一瞬间里，他脸上的皱纹和疲惫一扫而空。他的小臂挥动了一下，年轻的武士仰面倒下了，他的胸口上插着一把银制的餐刀。他倒下的时候带翻了两张矮桌，桌子上的器皿瓶罐打翻了一地，鲜血和着蜜酒四处流淌。吵嚷声平静下来，黑鹰宛若没事举杯喝酒。"明天，我们继续前进。"黑鹰说。这次没有人站出来反对他了。

"那是我的父亲。"飞鸟骄傲地对大角小声说。

"可你刚才一点也不为他担心。"大角惊讶地说。

"那当然。如果黑鹰刚才在战斗中死去，那是他的荣耀。"飞鸟说，脸蛋被兴奋燃烧成绯红色，"我们所有的人都渴望能死在战斗中。"

九、所有的药

清晨，大角从噩梦中惊醒。他听到帐篷外面传来一阵阵的号角声。牛角号雄浑，铜号高昂，海螺号低沉。营地里到处是铠甲碰撞的铿锵声，战马的嘶鸣声，胀满奶水的牛羊咩咩的叫唤声。

他从奴隶们居住的帐篷中钻出来，外面一片嘈杂。低低的阳光斜照在挤在一起的士兵和闪着清冷的寒光的兵器上，投下了长长的阴影。一群群的游骑斥候策马而过，他们咧着满嘴白牙，不怀好意地对着衣衫褴褛的大角笑着。还在抓紧时间打盹的奴隶们被粗暴地踢醒，他们要干那些最苦最累的活。他们分散开来，看似混乱不堪然而又井然有序地收拾马厩，拆卸帐篷，提着铁桶去挤奶。大角觉得自己陷入了一个陌生的动荡不已的旋涡之中，不论他站在哪里，总有人冲他喊道，"快闪开，小孩，别挡着道！"他不得不东躲西闪地闪躲那些骑着马横冲直撞的骑兵；闪躲那些扛负着重物、赤裸的脊梁上冒着热气的奴隶；闪躲那些目光呆滞、被驱赶着的畜生。

在一片混乱当中，飞鸟牵着马找到了他。

"好啦，你跟我来。"她不容置辩地命令说，带着大角离开部族的大队人马，把他一直带到了营地西侧那条河边。这儿可以看到河边上那些发白的鹅卵石，还能看到营地那边，数千顶帐篷在转眼之间消失得干干净净，余下冒着青烟快熄灭的篝火堆和满地的牛羊粪便，仿佛大火烧过的林地。黑鹰部落的战士、乱哄哄的家眷、牵成一串的奴隶，一拨一拨地开拔了。他们走过，寂静便在草原上空重新合拢，仿佛流水漫过干涸的河谷。

"你走吧。"她说，看也不看大角一眼，翻身上了马。

"什么？去哪？"大角说，他还没有反应过来。

"我是草原上最伟大的首领黑鹰的女儿，他的话就是命令，我的话也同样是命令。我赐给你自由，你就自由了。现在，你快跑吧。"她喊道，还用一个指头威胁性地比画了一下，"十年以后，我们会回来的——那时候，我会带着我的战士去攻打你们的城市，你记住了。"

大角茫然地四处看看，这儿离他的家乡不远了，可是他就要这样回去吗？带着满身的污泥和伤痕，空着双手，丢了小刀，可一味药也没有找着。妈妈就要死了。太阳升起来了，天边一簇散云成了一窝闪亮的小羽毛，河面上升起燥热的雾气，回家的路像一条晒太阳的蛇，懒洋洋地躺在他面前，他却觉得自己无处可去了。他转过身去，漫无目的地走了两步。

"等一等。"她说。坐下的马儿不耐烦地撅着蹄子。

"这是我送给你的礼物，"她叫道，然后扔过来一个大大的纸包，"你看，当强盗是有好处的，我们这儿什么都有。"她凝望了大角一会儿，猛地拨转马头，纵马扬鞭，疾驶而去。

大角打开纸包，发现纸包里塞满了药，那些晶莹流动的水银，那些充斥海水气味的磁铁，那些饱满多汁的金花浆果，那些香气萦绕的曼陀罗，那些又老又皱的鹰嘴豆，在这些足够治好木叶城所有人的药底下，多了一个银制的护身符——一个小小的马蹄铁，那是他们部族的徽号。

大角抬起头来，看到草坡上那个现在已经变成小小黑点的飞鸟。他沉思片刻，掉头跑走了，带着这个年岁还不明了的惆怅，带着他还不知道的他们已经定下了的一个朦朦胧胧的约定，这个约定会在将来的岁月里跟随围绕着他，充满诱惑和痛楚，充满期待和惶然。

药又齐全了。从一无所有到应有尽有，这就是大夫说的一百分的好运气了。大角想，药香萦绕在他的鼻端，仿佛一首嘹亮的歌，这支歌在他的心里，也在他的嘴上。现在是第几天了，他拼命地算啊算啊，现在是第七天了，是最后一天了。他要去救他的妈妈，他开始拼命跑了起来。

他跑过了红色的杉木林，跑过了齐腰深的草地，跑过了茂密的芦苇丛，跑过了金色的沙漠。

跑呵，跑呵，他看见了火光下埋头苦干的骡马，浪尖上漂浮的捕鱼者，随着风儿流浪的旅行家，在泥地上挖坑的农夫，藏身在树木后面的出谜者，包裹在金属里的战士们，他们脸上洋溢着各式各样的快乐。这快乐引诱着他，让他对未来充满期盼。

跑呵，跑呵，他听到了自嘲自叹的哲学家的声音，被侮辱的类人生物的怨怒声，劳动者的呼喊号子声，乞讨者的悲哀声，被奴役的人们的抽噎声、哭诉声，野蛮人的叫喊声，他们品尝着各式各样的痛苦。这痛苦抽打着他，让他对未来充满惧怕。

叹息之城，快乐之城，记忆之城，风之城，水之城，土之城，形形色色的城市实际上只有一个，它就在我们心中。然后，黑鹰来了，建筑消失了，一起消失的还有那个理论上似乎无所不知的建筑师。现在，他们将学会如何自己去面对这块黑暗冰冷的大陆。

跑呵，跑呵，他从白天跑到了黑夜，又从黑夜跑到了黎明。

无垠的天空越来越亮。

他会长大的。

迎面扑来的时间像干粉一样噼里啪啦地敲打着他的身体和脸庞，告诉他死神正在俯瞰着他亲爱的妈妈。

大角，快跑！大角，快跑！他在心里呼喊着。

月光收敛了，向西沉去。

大角，快跑！他的心脏撞击着肋骨，仿佛一只想要飞逃而出的鸽子。

快跑呵，大角。

时间一分一秒地走着，嘀嗒嘀嗒，巨大的时钟悬在他的头上摇摇晃晃。

他看到了森林里漂浮的亮光，像是萤火虫在飞舞。

大角，大角。

远方传来微弱而模糊的叫声。

大角，大角。

那是木叶城的居民。他的邻居，他的玩伴，还有大夫，他们来接他了。

大角，大角。他们看到他了。他们驾着透明的飞行器朝大角飞来。

黑暗迎面扑来。大角迷迷糊糊地想道，现在，我可以休息一下了。鸽子飞出他的胸膛，离他而去。大角倒下了。

那天黎明，在木叶城里，星星还没有完全熄灭的时候，大夫把药混合在芳香的泥土中，撒入水里，温和的火燃了起来，风儿把药的香味带到了四处。奇异的香味飘荡在木叶城的每个通道、每部旋梯、每座吊舱里。妈妈苏醒了，其他的病人们也醒了，整个城市都苏醒了。

被从这场瘟疫中拯救过来的人们都跑来感谢那个孩子，那个拯救了城市的孩子，但他们没被允许看到大角。

　　他累坏了。他哭着，抽噎着，在母亲温暖的怀里缩成一团，小小的舱室像一颗鸟卵，在旋风中旋转。妈妈抱着大角，柔声安慰。她的大手围着他，呵护着他。母亲的怀抱总是最温暖最安全的。

　　大角睡着了。

2001.2.14 厦门

· 思想实验室

1. 小说中在蒸汽城、浮游城、倏忽之城等地方都提到了有关于"快乐"的话题，小说中人物生活的城市不同，生活方式不同，对快乐的看法也不同。你对小说中不同人物的看法有何见解？此外，你认为什么是快乐？怎样才能获得快乐？

2. 科幻作家万象峰年是这样评价潘海天小说的："一个鲜明特点就是少年视角"，"人物总是带着一颗对世界的赤子之心启程"。"当他们走入世界，读者和角色都会发现，世界已不能由是非定论，世界的复杂性使得阅读者失去了可以把握命运走向的那个稳固扶手，赤子之心被抛入世界的旋涡中，推倒，重建。也正是这种世界复杂性与赤子之心的撕扯，使得潘海天小说中的每一方力量都充满了美感"。请你思考，本文中不同的奇异的城市所组成的光怪陆离的大千世界，引发了大角哪些思考？作品中呈现出的世界复杂性又对这个少年人产生了怎样的影响？在你的成长过程中，是否也有感知世界复杂性的体验？面对世界复杂性，你又有哪些思考？

稻语

杨晚晴

　　《稻语》是作者杨晚晴继其代表作《麦浪》之后又一篇"农业＋科幻"作品。

　　中国是农业大国。有报道认为，农业是中国下一个高科技起爆点。近年来，我国政府不断"强化农业科技创新推广"，并指出"着力在生物种业、现代农机、智慧农业、绿色投入品等领域，加快关键核心技术攻关与装备创制应用"。科技的发展和应用，已经让中国乃至世界农业发生了翻天覆地的变化。《稻语》则用科幻的方式，让我们看到了那个并不遥远的稻田梦。

　　故事的背景设置在我国云南哀牢山，这里是古老的哈尼族聚居地。这里的梯田世界闻名，是中国传统农业的一个奇迹。在这里，自然与文化、农业与历史巧妙结合，自然风光与劳动人民的智慧相得益彰。正如小说中讲述"一千多年前，哈尼族的祖先们……将山体整饬成一级一级的'阶梯'，犁山为田；又从山顶的林中引水，掘土成渠。这三千多级依山而筑、波光粼粼的农田养活了几十代哈尼人"。小说利用插叙的方式，讲述了古老民族在改造自然、利用自然上的卓越成就，表达了在时代变迁中古老民族面临新城市的挑战以及几代人与故乡渐行渐远的忧伤。在小说中，哈尼族老人阿波抚育了被父母一代丢下的阿哥和波美兄妹，却仍旧愿意忍受孤独与寂寞，希望兄妹再次走上远离家乡的道路。这种历史与现代、乡村与城市、老一代与新一代的矛盾抉择，开始时似乎只朝着一个方向进展，那就是义无反顾地抛却家园、割舍传统，融入现代、走向城市。直到小说的主人公阿哥从城市回到家乡，从一个大学生做回一个农民，这个局面才开始动摇，他选择走回田间地头，让古老的农业在高科技的助力下重新焕发活力。在阿哥的身上，我们看到新一代的年轻人充满活力与自信，敢于担当与作为。至此，小说正式揭开了老一代和新一代对古老农业的审视与改变、对传统的回归与坚守、对个体生命价值的实现与探索。

小说揭示了人类从远古到未来，唯有尊重自然、敬畏自然、探索自然才能生存、发展。其"科幻味儿"主要来自对未来农业高科技的想象。阿哥用柔性屏对农业机器人下达指令。农业传感器可以监测田里的温度、湿度，建立气候模型，还能分析土壤成分，监测庄稼的生长情况。最浪漫的一个科学想象则是利用脑机贴片，借助微型传感器去倾听稻谷抽穗的声音。耳畔是稻谷在交谈，稻谷亦有生命。人与土地、人与土地上的生命、未来农业的精准科技与万物有灵的先民信仰在这一刻融为一体。

· 正文

阿波＊说，今天的米酒不好喝。

波美就想，酒怎么会不好喝呢？今晚月明星稀，炉火正旺，米酒里掺进香甜的新米，木炭上烤的稻田鱼喷香——虽然波美不懂酒的妙处，但阿波曾经说过，此情此景，哪会有酒不好喝？

——不好喝，大概是因为心情不好吧。

这会儿，阿波又絮叨开了，漏风的牙齿间飘出的都是熟悉的抱怨：稻谷的收成，去年伤了的腰，撂荒的田。阿哥回来之后，阿波的抱怨素材库又丰富了：别人家学习不成、出去打工的娃都没有回来的，这小子倒好，大学读完就巴巴地跑回山里了。

诶！阿波叹息一声，把筷子一撂，抱起水烟筒，咕噜咕噜地抽起来。炭火橘色的光在他沟壑纵横的脸上忽明忽暗，那两道灰白的眉像铁丝一样紧紧地拧着……

波美就想，阿哥出现在村口的时候，阿波明明是高兴的啊。

话说，阿哥又跑去哪儿了？

阿哥挺晚才回来。匆匆扒了几口饭之后，又钻回自己那间厢

＊ 哈尼语里"爷爷"之意。

房。整个过程中，阿波未发一言，只偶尔把脸从水烟筒上抬起来，含糊地哼两声，脸明明板着，却有点儿孩子般的气恼与期待。波美和阿哥的爸妈在他们很小的时候就出去打工了，两个娃就丢给阿波。是阿波一手把他们拉扯大，祖孙三人感情好得没话说。阿哥在山外面读大学的时候，他那间厢房阿波就时不时给他打扫着，就好像阿哥随时会回来似的。

扎勒特节*总要回来的吧？阿波说。矻扎扎节**总要回来的吧？

可阿哥没在扎勒特节回来，却在开春前回来了。那天，他坐着嗡嗡叫的电动车到村里，背着一个几乎有他一半长的硕大背包步行到屋前。阿波那会儿正在喂鸡，看到阿哥，他手一抖，苞谷飞散开去，鸡们欢叫着追逐晚餐。

回来了？

回来了。

在（待）多久？

不走了。

阿波的笑容在夕阳下凝固，公鸡、母鸡和小鸡在他的脚边啄食。

给（可）是开玩笑？阿波问。

阿哥没在开玩笑，他是要回来种田。到家的那天晚上，阿哥一边使劲揉着波美的头发，一边用字正腔圆的普通话（不管是说的人还是听的人，脊背都不自觉地挺了起来）对她说：

---

* 哈尼族传统节日，又称"十月年"，每年农历十月龙日举行。

** 哈尼族传统节日，又称"六月节"，每年农历六月二十四日举行。

"波美，总得有人传承祖先留下来的东西呀。"

说完，阿哥抓起一块热腾腾的烤豆腐，蘸了辣子蘸水，丢进嘴里，吧唧吧唧咀嚼，被烫得"嘶嘶哈哈"的。

那天晚上的阿波就和刚才一样，在一旁抽着水烟筒，沉默不语。

那天晚上，波美眨巴着眼睛，心里犯嘀咕：祖先留下来的东西？

波美偷偷溜进阿哥的房间时，他正把背包里的"纸卷"展开，铺在桌面上。柔亮的 LED 灯下，阿哥蹙眉思索，他的五官挺拔陡峭，皮肤黝黑，漾着微微的光泽。看到波美，他招了招手。

"波美，我要把家里撂荒的几块地种上。"阿哥说。

波美将头凑向桌面，她认出来，这是云课堂里介绍过的柔性屏电脑，远在千里之外的老师说，山里人用的那种硬邦邦、沉甸甸的塑料板马上就要被淘汰啦！此刻，柔性屏上正跳动着花花绿绿的图表和数字，这些她看不懂，但她看到了"土壤肥力""水质分析""气候模型"这样的字眼，知道和种地有关。

纸上谈兵。波美想起在云课堂学到的成语。

"阿波说你种不了的。"她说。

阿哥也不恼，他笑眯眯地看着波美，"波美觉得呢？"

波美模棱两可地摇摇头，这可以代表她不知道，也可以代表她不认同。

"小鬼头。"阿哥又揉波美的头发，后者把头缩了回去，"给你看样东西。"

他拉开背包，从里面掏出一个银色的盒子，放在桌上，"咔嗒"一声打开，用两指从盒子里拈出一颗黑纽扣似的小玩意儿，将它放在掌心上。

波美探头过去，"这是什么？"

"你猜。"

波美左看右看：虽然有金属色的光泽，那也不过是有金属光泽的"黑纽扣"。她突然想起来，昨天阿哥去看家里撂荒的地时，往田里撒了几把什么东西，应该就是这样的"黑纽扣"。村里的大人说，去城里上过学的人总归是有点儿不一样，既然不一样，波美就没细想。

看着阿哥，她又摇了摇头。

英俊的年轻人把"黑纽扣"递给波美，"这是最新型的农业多功能微型传感器。"

嗯……这小玩意儿比看起来要沉，放在手心，微微有些凉。

"农业……传感器？"

阿哥卷着嘴角，"别看它体型小，本领可不小哩。它能监测田里的温度、湿度，建立气候模型，还能分析土壤成分，监测庄稼的生长情况呢。"

波美又仔细端详了一番手里的小玩意儿，然后捏一捏，送到鼻子底下闻了闻——实在看不出它有多大的本领。阿哥是欺负她岁数小，跟她开玩笑吗？她噘着嘴，把传感器还给了阿哥。

"波美不相信呢。"阿哥说，"现在就启动给你看——"

"过几天，就是艾玛突节*，过了节，就要开始春耕了。"波美打断道，"阿哥是要用这个种地？"

"可不要小瞧人哟！"年轻人嘿嘿笑道，无拘无束的笑容把他又变回了小孩子，"阿哥的宝贝可多着呢，波美马上就能见到了。"

"哦。"

波美意兴阑珊地打了个呵欠，她有些困了。透过房间的窗户，她瞥见了夜空中黄澄澄的月亮。

——这月亮照了千年万年呢。

女孩儿突然冒出这样的念头。

一千多年前，哈尼族的祖先们也曾举头凝望同样的一轮弯月吧？传说隋唐之际，哈尼族先民来到这云雾缭绕、森林密布的哀牢山，本想操种水稻的老手艺谋生，可山下适合耕作的低洼河谷早就被本地人占满。没办法，只能想办法在山上农稼。他们将山体整饬成一级一级的"阶梯"，犁山为田；又从山顶的林中引水，掘土成渠。这三千多级依山而筑、波光粼粼的农田养活了几十代哈尼人，因形似阶梯，故名"梯田"。哈尼元阳梯田规模庞大、景致奇美，多年以前便已蜚声国际——即使以现在的眼光看，它仍是一项工程奇迹。

这大概就是阿哥所说的，"祖先留下来的东西"吧？

---

* 哈尼族传统节日，为每年春耕开始举行的祭祀活动。

现在波美很怀疑阿哥能不能把它传承下来——然而这不妨碍她钦佩阿哥的努力。很早以前，村子里的年轻人就开始往山外走了，在出走的年轻人中便有他们两个的父母。若不是外面的世界渗透到大山里来，山里的年轻人大概不会觉得种地苦、农人穷，可既然知道了，他们就不会甘心于这样的命运。一茬又一茬的年轻人走出去，却绝少有人回来。孩子成了他们和故乡的唯一纽带，可孩子们在长大后，也和父母一样，选择了离开。

慢慢地，只剩下老人们在梯田里耕作。岁月流逝，老人们渐渐力不从心，于是成片成片的农田——那被祖先们耕作千年的农田，退化成了山上的泥沼与荒坡。

所以这就相当于垦荒吧，波美想。这几天沿山路放学回来时，她总是看到阿哥在荒了的地里打捞浮萍，掏淤泥，驱赶在浊水里捕食泥鳅的鸭子。总有水牛一边甩着尾巴一边用圆溜溜的眼睛打量他，总有无人机在他周围嗡嗡地盘旋，从城市里带回来的高科技此刻似乎并不能帮到他什么。

"波美，回来了？"

看到她，阿哥会直起腰，抬一抬泡得发白的小腿，抹一把汗（往往适得其反，把自己抹成花猫），憨憨地对她笑。

波美却笑不出来。这些天，她总在琢磨阿波说的话：大学生，写写字弄弄电脑可以，这泥腿子的活是他干的？瞎搞！

可阿哥不这么看。波美觉得，他甚至还有点儿乐在其中呢。春耕冲肥的时候，他这个大学生也没嫌臭，挽起裤腿和大家一起挖积肥塘口，随后通过大沟放水，农家肥冲入片片梯田，他说这是我们哈尼人滋养土地的智慧；之后浸种催芽，阿哥操起篾箩来笨拙得很，常把种子撒得到处都是，阿波抱着水烟筒在一旁幸灾乐祸，波美看不过去，动手帮忙，阿哥便笑盈盈地看她；插秧时，波美见到了阿哥别的"宝贝"：一台银色的、小狗大小的六足机器人，机器人的顶端是不停旋转的镜头（阿哥叫它"综合光学孔径"），躯干平直，身侧有透明囊袋，腿部尖端上翘的六只脚仿若旱地小船……阿哥的手指在柔性屏上滑动下达命令，六足机器人背着成捆的秧苗跳入水田，一株一株的秧苗被导入机器人造型奇特的机械臂，又由机械臂均匀整齐地插入稻田……机器人的动作僵硬却富有韵律，波美在一旁看得入迷，阿波却在一旁不咸不淡地评论："啧啧，秧分得太开，机器还是不如人呐。"阿哥听到了，就只是笑。

一天的劳作下来，阿哥的脸上也有了农人的风尘。他喜欢席地而坐，若有所思地看向远方。傍晚时分，红色的夕阳舔舐着低低的层云，在山的阶梯上投下流动的波光。空气有些凉。

"美啊。"阿哥双臂环绕膝盖，喃喃道，"山像水做的一样。"

"城市也美吗？"波美问。其实她已经在电影电视、视频图片里无数次见过城市了，和所有的山里孩子一样，她向往城市——画面、声音、气味、触感……她知道那是一个若非置身其中、便不能真正了解的地方（大山又何尝不是这样？）。她好奇的是，一个去到城市又回来的人，到底如何看待城市？

"城市也很美。"阿哥说，"你知道吗，我们在大山上种田，城市人也在楼顶种树种田，他们用的精准栽培和传感器技术就是在农田里发展起来的。波美，我们人类是自然的一部分，技术和城市都是人类的造物，所以它们也是自然的一部分——和我们的梯田一样，和我们的村庄一样。"

"所以美也是一样的。"波美下结论道。

阿哥愣了一下，然后点头，揉了一把波美的头发。

"对，一样的。"他轻声说。

可阿波说，村子早就不一样了。先是引电、修路，后来有了互联网、手机，再后来，山上到处架起了无人机导航基站和充电栖木，无人机时常成群结队地掠过天空，交换山里和外面的小件物资，它们像千变万化的椋鸟阵列，惊得麻雀、鹰隼四散飞逃。村子早就慢慢和世界融为一体了，孩子们在和全世界聊天时遗忘了哈尼古语，老人们也在借助网络售卖农产品之余，迷上了游戏和短视频。

而在城市里浸润过的年轻人正在返乡。

——所以波美觉得阿波说的并不准确：村子里别人家的娃也在回来（譬如邻村的龙嘎，他现在是带货主播），阿哥只是最先开始种地的那个。

他懂哪样种地？这会儿，阿波的手指在手机屏幕上麻利地滑动着，咋咋呼呼的音乐不时从手机喇叭里蹿出。种地是要听稻谷声音的，半响，阿波又说。

稻谷发芽有声音，分蘖有声音，抽穗有声音，开花有声音，灌浆有声音；寒冷的时候有声音，缺水的时候有声音，缺肥的时候有声音，生虫的时候有声音，稗草长出来的时候有声音……稻谷的声音多而复杂，简直像一门语言。年轻的时候，我能听懂呢，阿波说，现在，耳朵背，别的声音又太大，听不见喽。波美知道"别的声音"指的是什么：那是无人机的鸣响，手机扬声器的聒噪，电动车的引擎，鸡鸣狗吠鸭叫，也许还有一刻都不停歇的、带给村庄光明温暖和信息的滋滋的电流声。

哼，听不到这些，又怎么种得好地？阿波下完结论，又眯着眼睛瞧手机屏幕了。

波美把阿波的话复述给阿哥，阿哥只是微微一笑，"阿波怎么知道我听不见呢？"

"你能听见？"

"现在不能告诉波美。"阿哥神秘兮兮地说。

波美双臂往胸前一插，撇嘴，"那就是听不见。"

阿哥笑而不语。

其实波美连阿波的话都不相信：稻谷又不是猫狗鸟兽，怎么会有声音呢？

这些男人啊，一天到晚故弄玄虚！

地哪有这么种的？

这是阿波在"视察"阿哥那几阶梯田后甩出来的话。即使在波美看来，阿哥的种法也颇为奇怪：水稻没有被浸在水中，它们生根的泥土勉强算得上湿润。阿哥似乎在很精细地调节水量，努力不让水层超出泥土。这样，除了不停在稻田上空蜂鸟般盘旋的几架小型无人机，波美还看见了之前被阿哥撒在地里的"农业传感器"——它们随机分布在绿色的稻苗之间，像匍匐在泥土中的大个儿甲虫，依然是一副呆板的样子。此刻，有两台六足机器人（阿哥称之为"农耕机器人"）在田间忙碌，它们身侧透明的囊袋里装满土灰色的磷肥。阿哥告诉波美，有的传感器是埋在地里的，通过对土壤成分进行动态分析，传感器阵列为这几片田建立了肥力模型：田地的有机质含量丰富（拜冲肥法所赐），氮、钾等元素的含量也达标，而磷元素则稍显不足。根据一系列复杂的算法，农耕机器人向土壤定向补充氮元素。说话间，只见一台机器人在几丛稻苗旁站定，银色的细管从它的身体中探出，插进泥土，呼呼的马达声随即响起。阿哥从裤兜里抽出柔性屏电脑，摊开，对着跳动的数字满意地点头。

"不错。"阿哥说。

哪样不错？全错了！阿波背手走远的时候嘀咕着。老人们种地信奉的是多灌水多施肥，等稻子长大一点儿，又是除草剂杀虫剂一起上。现在城里人爱买有机种植的农产品，但村里人少田多，顾得了产量，就顾不得"有机"了。

——波美想，阿哥这种法，怕是连他自己的肚子都填不饱哟。

过了几天，水稻长高，天气也热了起来。今年雨水少，山上沟渠流下的水缩成涓涓细流。田里水位渐低，稻子开始打蔫。没办法，为了保证每块田里都有水，村里人统一调整了"水木刻"*。

---

* 哈尼人用来管理水资源在不同田阶之间分配的一种工具。

结果每块田都喝不饱了。

天气怪得很。阿波抬头望天，脸上的皱纹里淤积着焦虑。

这时候，一直在细致调节水层的阿哥倒显得气定神闲了，看他田里那些稻子，似乎也没受到缺水的影响。来阿哥田里看的时候，阿波闷着头，不再奚落他了。

"阿波，给要我帮你？"阿哥站在田垄上，脚指头扒着泥土，满脸笑意。

"不消（不需要）。"阿波硬硬地回了一句。

不过阿波也没硬气多久。几天后，当阿哥再次询问他同样的问题时，他目光悠长地看了眼阿哥，嘴里喷出一口白烟。腰杆不得行喽，他说，你克（去）种吧。于是阿哥兴冲冲跑到阿波田里，撒他那些黑色的传感器，一台农耕机器人深一脚浅一脚地跟在他身后，像极了家里养的小黄狗。

阿波怎么就这么把他的宝贝田交出去了？波美又有点儿想不明白了。

不过这几天，她倒是注意到，在家里面对阿哥的时候，阿波也不总是绷着脸了。他们会有一茬没一茬地聊天，聊天的内容似乎处于两个永远不相交的频道。阿哥喜欢讲他在城市在大学里的所闻所学，而阿波则总是在唠叨兄妹俩的小时候。然而在波美看来，聊什么并不重要。波美喜欢一家人就这样围坐在一起。虽然堂屋里有明亮的 LED 灯，但往往关着。柴火毕毕剥剥地响，每个人的脸在摇曳的橘色中都显得柔和。屋里弥漫着火的味道，这味道让人感到一丝微酸的甜蜜，也让人昏昏欲睡。

"人类文明是建筑在农业上的。"橘色的火光中，阿哥对波美说，"农业曾经是人类掌握的最先进的技术，而我们哈尼人的祖先掌握了先进技术中的先进技术啊。"

波美直勾勾地盯着阿哥，"先进技术？"

"梯田呐。"阿哥说，"水稻的家是沼泽，我们把沼泽带到了哀牢山，水稻就和我们一起，住到山上了。"

"哦。"

"波美，我把最先进的技术带回来了，我要在这里种很多很多的稻谷。"阿哥又说。

"回来好。"波美打了个呵欠，眼皮直往下坠。"种稻谷好。"

阿哥用眼角瞄向一边，"阿哥回来，阿波不高兴哩……"

"他才不是不高兴。"波美说，"他是——"

阿波从手机屏幕里抬起头，迷惑地望着兄妹俩。

"你们讲哪样？"

对于阿哥的离开和归来，阿波一直是矛盾的。

和他们的父母相比，阿哥这一辈人早早就接触了外面的世界，又接受了更好的教育，有走出去的愿望是自然而然的。阿哥从小学习就好，读完乡里的小学，进了县里的中学，又考上省里的大学。阿哥乖巧，但在选专业这件事上却自己拿了一回主意，选了农学。阿波想不明白，好不容易考出去了，还要继续面朝黄土背朝天？

"阿波，阿哥一边打行李一边奚落道，种地也要知识哦。"

"管你。"阿波嘴硬着，眼角却堆满不舍。一手带大的孙儿毕竟是要出去了，出去可能就像他爹妈一样，不回来了。

——不回来也就不回来了。有出息的娃，哪有回来的?

接下来就是波美了。波美今年读初一，和她哥一样聪明，要不了几年，也要考大学了。波美一走，家里就剩一人、一狗、几亩田了。阿波就想，等他阖了眼，这稻谷怕是没人种了吧? 大山里的村子是这样，大山外的呢? 如果都是这样，那谁种地给做了城里人的孙儿孙女吃呢?

一想到这里，阿波就很焦虑。就大口抽烟，大碗喝酒，咳嗽声彻夜不绝。去年收稻谷的时候，还把腰扭了。今年开春前，阿波依旧愁肠满腹，阿哥回来后，虽然还垮着个脸，但波美看得出来，他是把开心深深地藏着。

——而自从阿哥帮他种田以来，这开心就渐渐藏不住了。

"阿波，我呢(的)无人机咋个样?"

阿波抬起头，看阿哥的无人机阵列在稻田上空变换着阵型。这几天雨水多了起来，稻田依然保持1～2厘米的薄水层。水稻即将抽穗，正绿油油地挺拔着。阿哥说，他在用无人机和传感器寻找害虫和偷偷冒头的稗草。波美知道，稗草可狡猾了，它会伪装成水稻的样子(除了没有小小的白色叶耳，它和水稻在外形上几乎一模一样，阿哥称之为"拟态")，抢夺水稻的生存资源。在大片的稻田里，靠肉眼很难把这些坏蛋揪出来。村里人的办法，是喷洒大量的除草剂，花钱不说，还造成了污染。阿哥的办法，用阿波的话说，就比用除草剂"整得成"。只见他掏出柔性屏，展开，稻田的俯视图跃然屏上。阿波和波美看到，在一片绿油油中，冒出大大小小的闪烁的红圈，阿哥说，那是被识别出来的害虫和稗草。手指又在柔性屏上一点一划，两台农耕机器人便冲入田中，窸窸窣窣地忙碌起来，一会儿的工夫，就背着扎成捆的稗草威风凛凛地踱出来了，仿佛打架得胜的公鸡。

"挺好，挺好。"阿波的嘴角漾出一沓沓的褶子。家里的田熬过了缺水的时节，又有阿哥的高科技除草灭虫，长势要明显好过别家。好收成的期待渐渐揉开了阿波眉宇间那忧愁的硬块，波美想，也许让他更高兴的，是祖先留下来的田不会就这么荒下去了。

波美看向阿哥——年轻人的嘴角翘起来，又微微地下沉。她似乎在他英俊的眉宇间，看到一朵小小的阴云。

那是什么呢？

窗外虫声蛙鸣，还有隐隐的、稻田的香气。

"波美，来。"

波美向阿哥的桌子走了过去。桌上除了柔性屏电脑，还有一个椭圆形的银色金属片。

"这是什么？"波美指着金属片问。

阿哥不答。他拈起金属片，把它贴在波美的额角。

"凉。"波美说。

阿哥笑笑，"这是非植入式脑机贴片。等一下，阿哥要给波美听点儿东西。"

波美眨巴着眼睛，"听？"

阿哥转身，操作柔性屏。波美看到他点了一个按钮，上面写着"卡尔曼滤波"。

"卡尔曼滤波？"

阿哥问："听到什么了吗？"

波美嘴唇抿成一线，闭上眼睛。一开始，依旧是虫声蛙鸣。但很快，虫声蛙鸣隐去了，她听到了淅淅沥沥的响，仿若四月的雨声。这声音不是从耳畔传来，而是在脑海中泛起，如果不是确定自己还清醒着，波美会觉得这更像是一场梦。

"我听到了。"波美睁开眼睛，说。此刻，她自己的声音沿头骨传至鼓膜，反而显得沙哑粗硬。

"这款脑机贴片可以直接向你的听觉皮层发送信息，"阿哥用普通话说（只要说起科学技术来他便是如此），"比起植入式分辨率稍微低了点儿，但模拟听觉是足够了。"

波美似懂非懂地点了点头。

"你刚才听到的是稻谷抽穗的声音，"阿哥说，"是田里的微型传感器实时发送过来的。"

波美又蹙眉听了一会儿："稻谷真的有声音？"

阿哥笑了笑："当然有，只不过声音太小，人类很难听到。现在，有了高精度传感器，有了卡尔曼滤波算法，我们就能解读稻谷的语言啦。"说着，他的手指在柔性屏上又戳了几下，"我再给你放几段录音，有稻谷发芽时的、分蘖时的、开花时的……"

波美闭眼，那一段段声音如脑海中溅起的水花，涟漪扩散开去。

"它们很开心呢。"半晌之后，她说。

阿哥用指尖轻轻揩波美的眼角，"波美，你哭了？"

波美摇头，又点头。眼泪是不自觉流下来的，连她自己都没有意识到。这眼泪不代表开心或者难过，而是某种——某种顿悟。那是女孩儿突然触摸到了人与土地、人与土地上的生命之间的深刻的联系。她现在终于知道，为什么有人深深地眷恋着泥土，眷恋着这固执而又温热的生活了。

"我听懂了，"波美说，"稻谷在交谈，稻谷也有生命。"

阿哥一字一顿地说："波美，我们还可以进一步深入稻谷的生命中去。"

波美望着他明亮的双眼。

"我们会继续提高传感器精度，掌握每一株稻谷的生长状况和需求。我们可以建立更精致的模型，把气温、光照、水文甚至空气成分都涵盖在内，再把光学活动、空气流动模式和分子浓度等等信息翻译成神经的语言，通过植入式脑机接口投射到大脑的各个功能区。"阿哥兴奋地比画着双手，"这样，我们就不止能听到稻谷的声音，我们还能看到、还能闻到、还能触摸到稻谷的世界——到那时，我们就和稻谷真正融为一体了！"

波美使劲咽着口水。阿哥说的愿景过于宏大，变成波美喉咙中一个难以下咽的疙瘩。

"当然，这项工作需要有人去做。"阿哥的声音忽然低了下来。

波美轻轻将贴片取下，攥在手中。阿哥有话要说。

"所以？"

"所以我可能要走了。"阿哥垂下眼睑，"有家公司找到了我，他们是农业现代化的领头羊……波美，这是一个实现理想的好机会。"

"你说过你不走的。"

"我知道。"阿哥向波美的头顶伸手，手伸到一半，又停了下来，尴尬地悬在半空。"波美，我把宝贝都留给你。"

阿哥垂下手。

"替我照顾好阿波。"

阿哥走后，生活又回到了它原来的轨道。山里一样日升日落，阿波一样抱着水烟筒没完没了地抽。

但有些变化还是发生了。比如，波美学会了用阿哥的那一套东西照顾稻田。灌溉、除草、杀虫，借助传感器、无人机和农耕机器人，波美样样都做得来，样样做得漂亮。她也会在夜里长久地聆听稻子们的窃窃私语，她觉得，只要再给她几年时间，她就一定能够完全听懂它们的语言。也许那时候，阿哥会带来更厉害的技术吧。

——再比如，电动车的引擎声响起时，阿波总会有意无意把目光投向村口。

农忙之后，便是"十月年"*。今年的收成一般，但不妨碍乡亲

---

* 即扎勒特节。

们热热闹闹地"过年"。他们杀鸡宰猪，在村子里摆起长街宴。波美和村子里的姑娘们一样，打扮得如花似锦，新衣新帽上缀满银泡、银链和银珠，走起路来叮当作响。

酒是新酿的酒。酒过几巡后，阿波双眼迷离，乡亲们敬酒时夸赞孙儿孙女的话他照单全收。也有前一阵陆续回乡的几个年轻人，嚷着要跟阿哥学种植技术，阿波的双眼眯成一条窄窄的缝，说：

"跟我家波美学也一样。"

波美在阿波的笑意中捕捉到一丝丝的失落，一丝丝骄傲，但更多的，也许是踏实与心安。

——这古老的、生生不息的循环，会一直传承下去的吧。

这时候波美就想问阿波：今天的米酒好喝吗？

……

下午的酒席散了之后，波美搀着脚步飘摇的阿波回家。夕阳落在山间，像一簇炭火，染红了层云和山林，染红了远处的梯田和眼前的村寨，染红了天空中的鸟群和摇摆走路的家鸭。

美啊。阿哥站在那天的夕阳中，说。

村口在这时响起电动车的声音。

——祖孙二人同时停下脚步，把目光投向声音传来的方向。

· 思想实验室

1. 你喜欢小说中有关于聆听稻谷声音的想象吗？袁隆平爷爷曾有"禾下乘凉梦"，他竭尽一生心血，换得四野稻花香。如果有一天，我们用科技实现了走进稻谷的世界，正如文章所言，"我们就不止能听到稻谷的声音，我们还能看到、还能闻到、还能触摸到稻谷的世界"。你能想象这将会是怎样的体验吗？请用你的文字描绘出来吧！

2. 小说中提到，水稻即将抽穗，阿哥用无人机和传感器寻找害虫和偷偷冒头的稗草。而之前村里人的办法只是喷洒大量的除草剂。推荐你阅读科普作品《寂静的春天》，进一步去了解喷洒杀虫剂、除草剂这类化学品的危害。同时，你也可以再去网络上检索了解，当今在农业上防治害虫有哪些先进的理念和做法。写一段话做个简要概括，向小伙伴们分享你的收获。

遥远的终结

昼温

一直以来，"遥远"都是人类想要去打破的魔咒。我们学过很多古代的送别诗，会发现古人面对送别总会有现代人无法理解的沉重哀愁。因为对他们来说，"遥远"是无法被克服的，他们只能抬起头来，和千里之外的故人共享一轮明月。后来人类发明汽车飞机，发明通信设备，都是为了缩短"遥远"的距离。但人们依然没有满足，畅想着"瞬间移动"的可能性。这种充满奇幻色彩的想象有没有科学依据呢？

在我们的认知中，时间是线性的，它总是单向地做着匀速直线运动，奔流不息，永不回头。孔子云"逝者如斯夫，不舍昼夜"，说的就是这个道理。小说中提到的很多概念都在挑战这种对时间的认识，比如爱因斯坦那个著名的比喻：一个男人与美女对坐一小时，会觉得似乎只过了一分钟；但如果让他坐在热火炉上一分钟，却会觉得似乎过了不止一小时。此外，文中还提到了著名的"虫洞"概念，意思是宇宙中存在的两个不同时空的隧道，通过它可以实现瞬时空间转移。从外部观察，就是一个物体消失，过一段时间在从另一个地方出现。这些设想给科幻作家提供了无限的想象空间：重复、循环、折叠、穿越、快进、闪退……时间的进度条有无数种变化形式，每一种情况的假设都会生发出很多奇妙的故事。

和其他文学模式相比，科幻和未来的关系更紧密，因此也更多地涉及关于"时间"的描写。英国小说家威尔斯1895年的小说《时间机器》是时间旅行叙事的重要范本，作者把时间描述为空间，而在时间中的转换则相当于旅行。在这本书中，作者还描写了时间的运载工具，好像时间真的和空间一样，可以任由人们往返其中。在《时间机器》之后，"时间旅行"就成了科幻作家钟爱的话题。科幻作家们追随着科学的步伐，书写了无数的可能性。在《遥远的终结》中，我们就看到其中一种"可能性"。作品讲述了主人公安玉瑶小时候对"遥远"的憎恨以及长大后为"终结遥远"做出的努力。为了了解父亲失踪的真相，物理学专业出身的安玉瑶前往贵州的偏僻山村，并在那里结识了摄影爱好者小罗。两人在调查中发现，当地可以实现短时间内的长距离传输，这一神秘现象竟与量子物理以及当地神话传说有着密切关系。在探求真相的过程中，玉瑶逐渐谅解了从未参与过自己成长的父亲，读者也从这段故事中感受到科学家的情怀，以及人类对真理的执着追求。在《遥远的终结》中，时空穿越最重要的意义就是终结遥远，和所爱的人相见。

·正文

人生的无奈在于存在无解之题。有人终身被死亡的阴影笼罩，有人囿于求而不得的爱情，有人惶惶一生，摸不到理想的边际。对于我来说，"距离"二字才是这世上最难破解的谜题。

一

第一次坐火车时我才三岁，刚刚能被带出门远行的年纪。

母亲背着我，被人群裹挟着向火车走去。

挥之不去的嘈杂吓坏了我。我放声哭着，母亲却只顾往前走，没有像往常一样把我放下来轻声细语地安抚。

我小腿乱蹬，手臂也胡乱挥舞着，一把扯下了母亲脖子上的项链。

断了线的珍珠一颗一颗从半空中滑落，还未落向地面就已像露珠一般消失在了摩肩接踵的人流中。

后来我才知道，那是父亲送给母亲唯一的礼物。但是，那天母亲为了赶上火车，头都没有回。

千千万万次，那串断掉的珍珠项链在我的梦里出现。

我梦到它们落在空无一人的月台上，一遍又一遍地高高弹起，每一次撞击都伴随着余音难消的巨大钟声。

我在梦里远远看着，旁边坐着一个哭闹不止的孩子。

从那以后，我更加惧怕旅行了。惧怕近在咫尺的陌生人，惧怕绿皮火车仿佛永无休止的颠簸。

而每次旅行的终点，则是另一个陌生人。

"叫爸爸，快，叫爸爸。"

母亲越往前推，我就越往后躲。

眼前高大的男人也有些不知所措。他保持着半蹲的姿势，伸开的双手僵在半空。

我不知道为什么要叫这个人"爸爸"。

不对，真正的"爸爸"不是这样。

别的小朋友告诉过我，"爸爸"应该在每天晚上给我讲一个又一个有趣的故事，"爸爸"应该守在幼儿园门口接我，"爸爸"应该在我们母女俩受苦受难的时候挺身而出。

可是眼前这个男人呢？为了见他，母亲要多干很多活去支付一次一次令人痛苦的旅行，母亲要在每一个节日里流泪。

更让我想不明白的是，为什么每次都要带上我？

长大一点之后，我有时会想：没有感情基础的亲人，还算是亲人吗？未曾参与我的成长，又何以担起父亲的名号？

二

在飞机上看，云雾缭绕的山岭间藏着条条闪光的缎带，那是反射着阳光的道路。

每见此景，我都能感受到这块博大土地对便捷交通的渴望。高铁奋力将触手伸向每一个方向，机场像蘑菇一样在每一个角落冒出，青藏高原的"天路"上，每一公里都有血肉的献祭。只可惜，与可以通过网络瞬间传输的信息相比，承载血肉之躯的交通工具依然如崇山峻岭之中蠕动的小虫，落后而缓慢。巨人需要遍及全身的血脉，需要反应迅速的神经。也许它也会像我一样思考，如果有一天距离失去了意义，这个世界该多美好……

若非遥远的旅途相隔，我的童年就不会那么痛苦，母亲也不会……

想到母亲，我深深叹了口气。如果不是她，我断然不会重回贵州，重回过去和所谓的父亲相见的地方。

我对父亲的了解有限，在记忆里，他的面容都是模糊的。飞机开始下降，越来越接近那块与他真正相连的土地，那些碎片式的信息也浮出了脑海。

大学毕业后，父亲被分到了贵州扬武乡的矿场任职。那里有着丰富的矿藏，当年最有名的金汞矿甚至被称为扬武"小香港"。不过，父亲工作的稀有金属矿则更加隐秘，藏在大山深处。那里太偏僻了，似乎有什么秘密要隐藏。没有信号，不通网络，所有职工放假的机会更是寥寥。我不明白父亲为什么要选择这里。什么责任这么重大，要他放弃家庭的责任，放弃人生的欢愉，以至于把命都搭上？

10 年前，矿场发生了一起事故，能得到的消息只有 100 多名员工全部失踪。上面迟迟不给说法，母亲牵头，悲痛的妻眷父母们组成了家属委员会。那时我已经在外住校读书了，每次假期屋子里都挤满了哭哭啼啼的女人和老人，实在头疼，后来干脆就不回来了。

母亲身体本来就不好，父亲失踪后更是备受打击，再加上处理这些劳心费力的事，很快一病不起。恰在这时，上面做出决定，给了家属委员会一个去失踪地现场查看的机会。

"安安，这个名额是给咱们家的，你去吧。"

"妈，你知道我对他没什么感情，我……"

"安安，听话，他毕竟是你的父亲啊。"

他可曾履行过父亲的责任吗？

看着母亲的病容，我把话咽了回去。

"这个名额很难得的，又要政审，又要签保证材料。其实我知道自己的身体，当初申请就是想让你去。"母亲轻抚着我的脸颊，眼里都是爱意。

"我一直觉得，你和他有着很奇妙的联系。不知道你还记不记得，10 年前的一个午后，咱娘俩在不同的房间午睡，你突然推门进来，揉着眼睛说自己看见了爸爸。"

"怎么可能……"

"真的，之前你从来不在家里提他的。我还没细问，你又打着哈欠要睡过去了。我觉得你可能梦到了他。多巧啊，那天就是他失踪的日子。"

我没有说话，心想这大概是母亲的一个梦吧。

"对了，你知道吗？你和他的相似之处比你想象的要多。"

"我不信。"

"当年报志愿没有管你，自己决定学物理的对吧？"

"是。"

"你爸爸也是物理学出身呢。"

我很诧异。我一直以为他只是个电工。不过，学物理的在矿场做什么呢？

"物理学哪个方向？"

"粒子物理。"看到我的表情，母亲笑了。

"和你一样哦。"

真正出发之前，我才知道这背后另有隐情。上面拒绝了所有家属前往矿场的请求，直到我的资料被递了上去。那些人想了、念了自己的至亲整整 10 年，至今还在坚持要讨个说法，对独独让我前往颇为不满。我也无法理解他们——距离的遥远不能淡化伤口，时间的漫长也不足以抚平心情吗？

"等你去了，你就会理解了。"

母亲病得太重了，临行的拥抱也是那么无力。她的脸颊两侧都凹陷了下去，瘦骨嶙峋的样子再也背不起一个 20 斤的孩子。只有她的眼睛还是亮的，从医院的病榻上望着我，从绵延万里的云海中望着我。我在失重中闭上双眸，还能看见她的眼睛。

飞机落地了。

三

离开贵阳机场，又坐了两个多小时的大巴，我终于在凌晨到达了扬武乡。虽说儿时多次来过，但我从未好好看一眼这里。那时我花了所有的精力抵抗晕车的痛苦，跟母亲生气、一路哇哇大哭，记忆中没留下一点儿东西。从某种意义上来说，我并未真正来过。

想到接下来还要赶半天山路，我心中的烦躁有增无减。拿着介绍信和一张贴满防伪标志的车票，我花了好长时间才找到去山里的班车。

不过，这怎么看都不像一辆要在盘山小路上跋涉的车。它太大了，比一般的公交车都大，里面塞满了瓜果蔬菜，还有各式各样的鲜花。剩下的座位上有几个当地人，都抱着大大的零食袋子。还有一个男人占据了最后一排全部的座位，黑色棒球帽压得很低，好像在睡觉。颠簸的山路上，这可不算什么安全的姿势。不过这里似乎也没有人系安全带。我没办法，只能在前排把东西拢一拢给自己腾出一点地方坐。

出发之后，几个苗族小姑娘开心地唱起了歌，一脸即将到家的兴奋。我有点困惑，毕竟从这里到他们那个深藏在大山里的村庄至少要五个小时的车程，还全是崎岖的山路。我要去的矿场也在村庄附近。他们现在精神这么好，怕不是一会儿都要睡倒在车上吧!

事情并没有像我想的那样发展。身后的两个小姑娘一直在嘀嘀咕咕，互相推搡着想要和我搭讪。我有些尴尬，只能装作没听见。又过了一会儿，一个看起来比较有勇气的姑娘坐到了我身边。她个子不高，脸白白的，戴着可爱的猫头鹰耳饰，上面还有两枚珍珠。

"你，你好。我叫杨敏，你是来参观我们村的吗？还是来看大泡的？"

"你好。我只是去矿场看看。什么大泡？"

杨敏露出惊异的表情，又立刻掩饰住了。我听到后面的姑娘在小声嘀咕："她不知道！"

"没有没有，请问怎么称呼你呀？"

"我叫安玉瑶，叫我玉瑶就行。"

"安？你说你要去矿场……那你认识安麟老师吗？"

"我……我是他的女儿。"

杨敏又露出了那种表情，这次没有掩饰。

"安、安工的女儿？我能告诉其他人吗？"

见我点了点头，笑容像越过山峰的阳光一样在她眼中绽开了。

"喂！大家伙儿！安工的女儿来了！"

话音刚落，除了躺在最后排睡觉的那位，全车人都放下了手里的饮料零食，围在了我身边。我紧张地朝窗外看看，幸好还没上盘山公路。

"哎呀，多亏你爸爸，我们向羽村才能发展这么好。"

"就是，不然肥料和建材运不进来，稻米和茶叶也运不出去……"

"打住打住，她还不知道……"

我听得云里雾里。父亲在这里究竟是做什么的？搞研究？挖矿？还是……修路？

还没来得及细问，大客车突然停了。站着的人都打了一个趔趄，我忙扶住一位差点跌倒的苗族姑娘。

"怎么了？"

我有点惊慌，难道前路出了什么问题吗？

苗族姑娘看到我的表情，又咯咯地笑起来。

"姐姐别怕，我们到站了。"

四

到站了？开玩笑吧，这才行驶了不到 10 分钟，难道搭错了车？

姑娘们抱着鲜花零食，蹦蹦跳跳下了车。我也跟了下来，发现自己站在半山腰的一块空地上。

一阵清风裹着好闻的味道吹来，眼前的景色让我愣在了原地。

苍黛的山峦环抱着一块谷地，满目都是层层叠叠的绿色。山坡缓缓倾泻进谷底，任淡色的梯田在它们身上画出道道密集的等高线。树木繁茂，花草长得半人高。雾气低低地压在四周的山顶，远处横着一道翻滚而来的乌云。点缀在田园风光之中的，是一栋栋极富设计感的现代建筑。医院、学校、住宅、超市，应有尽有。我还看见了一家花店，大概就是杨姑娘家开的。哦，这个小小的地方还有一家工厂，在山谷的另一头，能看见两个高高的石烟囱在各种各样的绿色里伸出来，十分显眼。

这就是向羽村吧？可是，怎么会这么快就到了呢？

我猛地回头，竟没有找到来时的公路。大客车的后面，只有长满绿植的山体静静拦着我的视线。

我在做梦吗？还是在路上睡着了？这不科学，这……

车上的人几乎下光了，那个躺在后面的男子才慢悠悠走下来。我注意到他年纪不大，不过个子很高，怪不得刚才睡觉时能把整个后排占满。他的装束和其他人不太一样，只是特别简单的黑色 T 恤和牛仔短裤。没有背包，但胸前挂着一个单反相机。

他在车前停下，面向山谷伸了个大大的懒腰。接着，好像和我一样被这美景震撼了，他愣了几秒，举起相机开始拍照。

附近只有他一个人了，我想了想，上前拍了一下他的肩膀。

没想到，他举着相机一起回过头，对着我就是"咔嚓"一声。

"喂！"

"不好意思哈。"少年嘴里道着歉，眼睛却忙着看取景框里的照片。我也凑上去看，是自己略带茫然的一张脸。山风吹得发丝乱飞，刘海儿也没了之前的形状。

"安玉瑶是吧，我是罗凯，搞摄影的，叫我小罗就行。"

他向我伸出手来，丝毫不为自己的刚才装睡行为感到尴尬。

我礼貌性地握了一下，问他知不知道这是怎么回事。

"什么怎么回事？啊，你是安工的女儿，他没有告诉你？"

我摇摇头。

小罗带着我走向山壁，把一枚石子丢了过去。我眼睁睁看着它消失了。

"这……"

"这是谁干的？"

听到第三人的声音，我吓了一跳：只见一个大叔模样的男子捂着额头，从石壁里凭空现身。

五

来人自称赵叔，是父亲当年的同事，也是负责接待我的人。在他的介绍下，我终于知道自己面前正是世界上第一个超距传输站点。

"这个村庄已经封闭百年，是你的父亲为它开了一扇门。"

眼前平平无奇的石壁，竟隐藏着一个奇异的空间。我敬畏地望着它，那辆来时的客车闪过脑海：满车的鲜花水果，人们轻松的模样，苗族姑娘欢快地唱歌。在偌大的中国，多少农村因为一条柏油马路打开了致富的通道，多少山区因为细长蜿蜒的盘山公路走出了贫困的怪圈。距离是这个世界上最坚固的屏障，越过它的代价就是消耗最为宝贵的时间。

路，只有路才能打破它：土路、马路、铁道、河道，还有空中和海面的航线。但有了超距传输技术，所有的屏障都分崩离析了。怪不得他们如此爱戴我的父亲，他在大山之中凭空修了一条完美的道路啊！

不过，一丝疑虑骤然升起：这样造福人类的技术为何只在扬武一地使用？当年的事故又是怎么回事？还有更重要的是，这里的超距传输究竟是怎么实现的？

我问赵叔，他也只是摇头。

"当年的小分队几乎全军覆没，资料也残缺不全。当时我还年轻，处在团队的边缘，除了恐惧也没什么记忆留下。那场事故过后，整个矿场被都上面封闭了，只留下了这个连接向羽村内外的通道。新的研究小队来到这里后对它进行了为期两年的观察研究，虽然还不清楚原理，不过运输能力表现得十分稳定。上面为了向羽村的发展，同意开放使用，但对它的存在严格保密。"赵叔顿了顿，"村民都说，是你父亲向山神献祭了自己，才有了这个好比神迹的'空间泡'。"

神迹？这个世界上怎么会有神迹？大脑中属于物理学的部分飞速运转，我要揭开这个谜。

"研究了这么多年，有什么进展吗？"

赵叔摇摇头。

"没什么特别的。想要搞清楚真相，必须重回矿场。只是……"

"只是什么？"

"你父亲失踪之前发出过警告，要求所有人不得再次接近矿场。鉴于那场事故实在太恐怖，上面也一直封着。不过前段时间下了几场大雨，通道变得不太稳定，上面才决定……决定派几个人再去看看。"

"这就是只允许我作为家属过来看的原因吗？"

赵叔点点头。

"你的身份……以及专业背景都很重要。"

专业背景？我看不出这和粒子物理有什么关系。

"玉瑶，很抱歉，到了这里才问你。你愿意去吗？可能会很危险。"

为什么不去呢？从童年起，对遥远的怨恨便深入骨髓，如果能看到打败距离的方法，如果能知道父亲离开我们母女的理由……

珍珠一颗一颗落在站台，母亲望着我，眼里都是期待。

六

小分队一共三人。赵叔是当年事件的亲历者，专业素质过硬；我是总工的女儿，物理学专业出身；但罗凯……？

看着他一脸轻松，东拍拍，西拍拍，我很是疑惑。赵叔也说不清个所以然，只是含糊表示听从上面的意思。

离厂区还挺远，有两个兵哥哥在必经之道上挡住了我们的去路。他们仔细地检查了我们的证件，与手中的文件对了又对。后面的路没法走车，我们只得告别司机，步行前往。

厂区在一个洼地里，所有的一切都是黑色和灰色，还有被岁月腐蚀的锈红。只有两根石烟囱傲然挺立，看不出什么老化的痕迹。

赵叔说这附近容易山体滑坡，下去太危险，案发地点也不是这里，叫我看一眼就走。不过，小罗在远处拍了几张照片。

我没有相关知识，什么也看不出来。小罗把取景框里的照片放大，我注意到厂区里狭小的空地上有几个铜像，形状十分怪异，上窄下宽。

我觉得有点奇怪，但也说不出怪在哪儿。看天色不太好，赵叔催我们去住宿区。

那地方离厂区不远，三人直接顺着小路走了过去。说是小路，大大小小的杂草野花早就已经占领了。在草丛的深处还能看见几辆废弃的卡车，锈迹斑斑，只剩空壳。

住宿区的门口，又是一个黑色的铜像。和厂区里的铜像不同，这个铜像规规矩矩，是一位坚毅男性矿工的形象。铜人双手握空，上下举在胸前，好像拿着一柄长铁铲正欲挖掘——不过手中的工具早已不知所踪。

"玉瑶，看看它有没有什么异常。"

听了赵叔的话，我凑近仔细观察了一下，发现这个"铜"像似乎并不是铜做的。虽然泛着同样的金属光泽，但这黑色更深、更浓，手感也粗糙些。

人像空握的双手也有些问题。两个圆柱形的空洞并不对齐，也就是说，一开始这个人像的手里就不存在任何长柄工具。那这个"铜"人紧紧握住的，到底是什么？

我凑过来一看，人像手中硬币大小的空隙里早已有蜘蛛安家，结了好几层灰扑扑的蛛网。蛛网之中，隐隐约约有个圆东西。

我勉强把手伸进去，摸出一枚脏脏的——珍珠？这里怎么会有珍珠？我看向另一只手，里面也是脏脏的，但什么都没有。

回过头，赵叔微笑地望着我："玉瑶，你把珍珠放回去，再看。"

我照做了。什么都没有发生。

"玉瑶姐，你看下面！"一旁拍摄的小罗突然叫起来。

俯身一看，人像的另一只手里竟然也多了一颗珍珠！

"怎么回事，珍珠怎么变多了？"

我想了想，又把上面的珍珠拿走，下面的珍珠也随之消失了。

"并没有变多。如果我没猜错的话，是雕塑的双手紧紧钳住了这个空间泡，迫使珍珠在两个地点飞快传送，而我们看起来就像有两颗珍珠。"

赵叔满意地点点头。

"不愧是安工的女儿。这个人像是用扬武特有矿物麟铜打造的，是唯一已知能够制住空间泡的东西。"

"哇。"

我抬起头，在这个距离能看清雕像脸上的表情。坚毅，无畏，骄傲，带着上个世纪工人特有的严肃。它一上一下悬空的拳头握着的从来都不是工具，而是空间本身。

"附近的山体富含麟铜，我们认为这就是向羽村通道可以稳定存在的原因。但是，麟铜和空间泡的关系非常复杂，只有一个人能够精确计算，就是你的父亲。"

我望着铜像，又是父亲的杰作。

"他当年的手稿已经遗失了，如果这次能找到的话，我们才有可能真正掌握空间泡。"

若真如此，距离将再也没有意义。浪费时间和精力的旅程不复存在，这个世界的效率会呈指数上升。而且，只要愿意，所有的孩子都能够和父母团聚。

"手稿……是在这里丢的吗？"

赵叔点点头。

我暗下决心，一定要找回它。

七

住宿区不大，我们又走了好一会儿才碰到了唯一一栋中规中矩的建筑。墙色斑驳，充满时代特色的标语也在风吹日晒中失掉了颜色。靠外的窗户全在里面糊上了报纸，透过间隙能看见里面堆放的文件。

我急着要进去翻找，赵叔却在门口停了脚步，脸色有点难看。

"这么多年了，我还是……"

我能想象得到，百位同僚在几天之内相继死去，当年的阴影大概就像此时的雨云笼在上空，一时令赵叔难以释怀。

"……要不，您在这里等我们一会儿。"

赵叔点点头，如释重负。他迫不及待远离了宿舍楼，拿出手机找有信号的地方。

我和小罗都是第一次来这里，他一脸兴奋完全掩饰不住。我们沿着窗边一间间看过去，只觉最东边的那间有些奇怪：窗户似乎被什么黑色的板子挡得严严实实，一点也看不见里面。进入大楼后，我们决定先去那个房间看看。

门没锁，但我推到一半就感到了阻力。幸而空隙足够我们两个进去了。

尽管是白天，房间里还是一片漆黑。我和小罗都把手机上的手电筒打开，才勉强照清屋子的全貌。

这似乎是一个资料室，四面墙边各摆了一个快顶到天花板的黑色书架，靠窗的那个挡住了所有阳光，靠门的这个则是挤得门只能开一半。

小罗费了不少力气把其中一个挪动了一点，漏一道宽宽的阳光进来，屋子里顿时敞亮了不少。不过，激起的烟尘也让我们两人咳嗽了半天。

这时，我俩才发现房间的地板上也有一摊冷却的黑色金属，像小山似的。中间有半本书那么高，四散的触手则延伸到了书柜底下。我仔细观察，想确定是不是麟铜。

另一边，小罗已经有了初步发现。他一手护着相机，另一手艰难地在书架底往外拉扯一个工作记录样的东西。我接过来，心里咯噔一下：这难道就是赵叔说的那本遗失手稿吗？难道这么容易就被我们发现了？

"'我的假设里不需要鬼怪。'——安麟"

我念着笔记封面上的字，心突突直跳。我不得不承认，他写

字行文的方式跟我真的有一点像。不过这内容却是出乎意料：不是工作内容，不是日记也不是账本，这个躲过各个机关多轮搜查的本子里，记录了两个苗族神话。

第一个神话讲的是第一支迁到扬武的苗族人。他们在路上丢失了谷种，只得以打猎为生。但猎物有限，部落很快陷入了饥荒。村子里有一对男女，男子擅长打猎，但也只能替村民们解一时之需。于是他的爱人决定走到天边去找天神寻求谷种。女子走了整整一年才求得了谷种，天神却说这谷种必须在三天内种下。三天时间不可能走过这么远的距离，于是天神把女子变成了一只锦鸡，三天之内跨越千万里回到了家乡，解救了部落。

第二个神话叫"七姑娘"。传说在稻花盛开的季节，村里的人会找来一个年轻女性当七姑娘。施法过后，七姑娘的魂魄就会飞到天上去和祖先讲话。如果七姑娘的意志够坚定，她就会回到世间，用唱歌的方法把祖先的话带回来。

这里面还夹着一张黑白照片。一个穿着苗族传统服饰的女子站在正中，四周围了一圈穿着工装的男子。女子似乎在跳舞，身姿婀娜，其他人则死死地盯着她，场面十分诡异。我试着擦掉照片上的灰土，可包括女子在内，所有人的面容都很模糊，看不出哪个是父亲。照片背后写着二十几个名字，我看到了父亲的名字，还有唯一一个女名，似乎是那位苗族女子：罗然。我把照片给小罗看，发现他的眼睛亮了一下。

"这是我妈。"小罗指着照片中间，轻声说。

"你妈妈？"记忆里某个地方动了一下：失踪名单里是有罗然

的，但母亲组织的家属委员会里可没有罗凯这号人物啊。

"这应该是她年轻的时候。"

"那他们在干什么，你知道吗？"

"做'七姑娘'的仪式吧，我猜。"小罗的语气很轻松，只字未提母亲失踪的事——也许一切真的可以被时间冲淡，那些至今还在哭哭啼啼的家属才是异类。

"你的母亲是七姑娘？这不是个神话传说吗？"

"喂，别拿封建迷信的眼神看着我。现在这就是个民俗活动嘛，和过年吃饺子没什么两样。你看那帮科学家看得也挺起劲。"

我又看了看照片，确实如此。那些人不像是在看热闹，严肃的神情更像在记录什么实验。

"而且我妈和我说过，七姑娘的传说在古代更玄。被选中的女孩会在祭坛那里彻底消失，过段时间才会出现。"

"消失？消失去哪里了？"

"不知道。不过这种仪式的成功率很低，如果女孩的意志太坚定，她就走不了，但如果意志不坚定，她就回不来。"

"唔……"

我又低头看笔记，想找出父亲记下这两组神话的用意。此时，一连串声响打断了我的思路。

当，当，当，当，当……声音由响及弱，频率由低变高，很快消失了。

八

温暖的季节里，我打了一个寒战。我曾无数次在梦里听到过类似的声音，音色不同但频率相当——那是珍珠掉在地上的声音。

我猛地回头，有一颗珍珠正滚过地板。

小罗也看见了，手疾眼快扑住了它。我还没来得及仔细看，又是一阵类似的响声。

当，当，当，当，当。

我俩同时转身，只见三米之外一颗珍珠正弹落在地，向我们滚来。

小罗低下头，手里的珍珠已经不见了。

"噫？怎么——"

话音未落，珍珠掉落之声又在我二人身边响起。

当，当，当，当，当。

还是那颗神出鬼没的珍珠。

小罗还是一副摸不着头脑的样子，我却突然兴奋起来：这个房间里有一个极其活跃的空间泡！四周的麟铜书架，应该就是为了困住它的。

"小罗，快，快帮我录个像！"

"录像？"

这是一个极其珍贵的实验环境，我的大脑飞速运转起来：如果一个不能自行移动的物体突然出现在另一个地方，可能是什么情况？

假设一，A物体受某种外力的影响，从A地点移动到B地点。比如有人在我们看不见的地方把珍珠拿走了。

假设二，A物体从A地点消失，又从B地点出现。这可以说是真正的超距传输。

假设三，A物体从A地点消失，B物体从B地点出现。这样的话，传输的代价便是物质消解又重组，世界上留下一个一模一样的副本。

这三个可能性依次递减。

我把假设说给小罗，再次拜托他用相机拍摄房间。我说想看看能不能拍到珍珠移动的轨迹或是消失的方式，也许可以排除一两个假设。

听完以后，小罗似乎没有完全理解。不过，他还是把相机小心翼翼放在了珍珠对面的架子上开始录像。

这次，两个人足足盯了好一会儿，珍珠也没有消失。

"要不咱们先去别的房间看看？"

"不行，我不能离开的我的相机！"

"好吧……"

两个人又沉默了。

九

一分一秒过去了，珍珠毫无动静。平常我的时间很紧张，零碎的空闲也被用来看手机、回消息，等待的感觉像夏天燥热的阳光一样令我的浑身焦躁难忍。感觉已经盯了一个小时，没想到一看表才过了5分钟。

我突然想起了爱因斯坦那个著名的比喻：一个男人与美女对坐1小时，会觉得似乎只过了1分钟，但如果让他坐在热火炉上1分钟，却会觉得似乎过了不止1小时。

"你在想什么？"小罗问我。

"我在想……环境会影响人对时间的感受。"

"哦？是吗？"

"嗯，在危急情况下，很多人都会觉得时间变慢了。这被视为应激反应的一部分。"

"好像还真是这样。"小罗眨眨眼睛，回忆道。"有一次我从梯田上摔下来，就感觉世界好像调了0.8倍速，一切都慢了下来。"

"是的。而且有研究表明，一些精神病人眼里的时间流速和正常人不同。普通人眼里100毫秒的闪烁在他们眼里可能会扩展到120毫秒。而在动物界这个差距就更大了。比如对于苍蝇来说，人类的电影就是一格一格变化的图片。"

"怪不得我总是打不到它们……"

"其实还有一种解释。我们觉得时间变慢了，并不是认知带来的错觉，而是时间的流速真的变慢了。"

"时间还会变？"不知道是不是我的错觉，小罗的眼睛一下子亮了。我也燃起了科普的热情。

"对。那种理论认为每个人、每个动物、每个物体都拥有不同属性的时间，而人或物体状态的变化也会导致自身时间属性的改变。在你从梯田上摔下来的那一刻，身体里的激素迅速做出反应，很可能就改变了你的时间。"

"哇，这是谁提的，脑洞好大啊。"

"物理学家白振雄，你应该没听说过吧？师从汤川秀树，才刚40岁。"他还不到载入史册的年纪，但理论多数离经叛道，惹起过学界几次热议。听说本人也很有趣，因为欣赏日本文化而选择在东大任教。我也曾写过几封套磁信，希望未来能够成为白振雄的博士生。所以，看到小罗摇头的时候，我还是隐隐有些失望。

"才40岁？"

"怎么了，很多人一辈子都达不到这种高度。"听到这话，我忍不住为偶像辩护了几句。

"他的其他理论也很棒。大家一般认为时间是一维的，像一条没有厚度的直线，只能向前走。而白振雄坚持认为时间是二维的。也就是说，时间不是连续的，而是像无数个切片面包组成的长龙，每一个时间截面就是这个世界的一帧……"

小罗打了个哈欠。

看到我的眼神，他赶忙道歉，说自己从小就容易在物理课上睡着。

"唉，还是你们物理学家有文化，时间有这属性那属性，又是面包片又是长龙的，要我就把时间假设成橡皮泥，能随心所欲捏来捏去多好……"

我倒希望是这样。小的时候，我一直渴望能把时间变快。那些路途中的痛苦把时间拉得太长，长到深深印在了我的记忆里，长到填满了我的童年。

"玉瑶，你没事吧？"

小罗喊着我的名字，声音格外轻，却一下子帮我从回忆里抽出身来。

"没事。"

"唉，我知道这是你父亲去世的地方，伤心是很正常的。"

"我……其实我没当他是我父亲。"

"为什么？"他看上去非常惊讶。

"我们基本没怎么接触过，我不了解他，他也不了解我。我们，没什么联系。"

"也许你应该试着……"

"是他没给我机会。后来，后来也没有机会了。"

"物理这块我不懂，不过这个事嘛……其实我和你挺像的。我妈妈也去世得很早，但我还是能感到她就在我身边。她的笔记，她生活过的房间，她留下的照片和故事……我也像她年轻时一样喜欢摄影。我还经常拿我拍的照片和她的做对比……真的，感觉她就在我身边。按理说父母和孩子应该是这个世界上最像的人吧，基因染色体什么的。就算相距再远，你的存在本身就是你们最好的关联。"

我的情况不一样。我在心里对自己说。是他生生切断了这个关联，是他没有选择我。

"玉瑶？"

"嗯？"

"珍珠没了。"

十

架子上空无一物，但我们谁也没听见珍珠落地的声音。

回放录像，珍珠是瞬间消失的。我们放慢了很多倍，直至连续的录像变成一帧一帧的图画，也只能看到珍珠在这一帧完好无损，下一帧消影无踪。

"完全看不到珍珠移动的轨迹，刚才检查的时候也能基本确定是同一颗珍珠。虽然不能完全排除，目前最可能发生的是第二个假设：物体从 A 点消失，从 B 点出现。"我想也应该是这样，不然上面也不会允许向羽村通道的存在。

"那现在珍珠去哪儿了？"

"找找呗，可能是掉在架子上了。"

我们开始在不大的房间里翻找起来。

"玉瑶，你们做科学实验也这么好玩吗？"

"枯燥多了。要是能出现这种异象大家不知道该多兴奋。"

我真的不忍心告诉小罗，我们的日常是这样的：上午交报销材料，下午开会讨论学院网站的管理，然后去实验室跟高压接头较劲，把电压加到 9 000 伏，然后探测器上终于能看到信号了。

"不过，要真的是假设二的现象，除了超自然现象还有什么解释呢？"

"物理学上的解释就很多了。爱因斯坦－罗森桥你听过吗？就是虫洞。"

"听说过，不过也就是听说名字罢了。"

"意思是宇宙中存在连接两个不同时空的隧道，通过它可以实现瞬时空间转移。从外部观察，就是一个物体消失，过段时间再从另一个地方出现。"

"这么厉害？难道这里……"

"可能存在微型虫洞。当然还有很多别的可能性。"

我自己不太认同这点。虫洞的产生需要很严苛的条件，如果向羽村通道真的是一个小虫洞的话，驻地科学家应该早就已经得出结论了。

"玉瑶，我找到珍珠了！"

原来这回珍珠嵌在了南面的墙上，就在金属书架的旁边。小罗轻松地把它摘了下来，仔细端详，我则踮起脚，摸了摸那块墙面。

珍珠镶进去的地方形成了一个小小的凹陷，四周一圈微微隆起：坚实的墙面仿佛不是固体，珍珠进去以后把原先的物质挤到了一边。接着，我注意到这面墙上充满了细小的裂纹，源头似乎是在被书架挡住的地方。不知道是不是我的错觉，这裂纹似乎还在生长。

"玉瑶？"

"嗯？"

"你有没有听到什么声音？"

正观察裂纹的我还真没注意。两人都没再说话，屏住呼吸聆听。

这个小小的房间里，传来了第三个人的喘息声。

十一

辨清这声音的源头在书架附近，小罗一把将我护在身后。一改刚才嬉皮笑脸的样子，他严肃的面容让我感到很陌生。

金属书架开始颤抖，我吓得抓紧了他的胳膊。

我一直相信再诡异的现象都逃不开物理定律的束缚，但和人有关的事却一向很难琢磨。一个偷窥的人，比一百个凭空出现的珍珠都更加令我恐惧。

书架抖动得更剧烈了，小罗护着我一直往后退。终于，它重重倒在地上，和满地的金属物相撞，发出震耳欲聋的碰撞声。

出现在我们眼前的是赵叔。

不，是半个赵叔。他侧对着我们，只露出左边的身体——其他部分全都和那颗珍珠一样深深嵌在了墙体之中。额角青筋暴起，口鼻全在墙中，左眼死死盯着我们，手脚像濒死的昆虫般疯狂舞动。在他四周，墙体像凝固的海水一样拱起了一圈浪花。

"快，快救人！"

小罗率先反应过来，抢起房间里的金属椅砸向赵叔身后的墙壁。还好这不是承重墙，几下就四分五裂，赵叔也掉了出来，躺在地上重重喘着粗气。

我忙上前扶起他，替他拂去口鼻附近的墙灰。

"快，快跑，孩子们。空间泡逃了！"

话音未落，一道闪电将整个房间照得通亮。我们这才意识到，外面不知已经下了多久的大雨。透过密集的雨幕，我俩都注意到村落的方向闪着耀眼的红光。

"那是空间泡逃脱的警告！十年了，这还是第一次。我想来警告你们，谁想到——"赵叔突然紧紧抓住了我的胳膊，把我吓了一跳。

"——它们已经来了，它们已经回来了！"

十二

冒着还不算密集的雨点，我们三个人逃命一般往宿舍区外面跑。不对，不是好像，就是在逃命——吃人的透明怪物就在附近游荡，一步踏错就万劫不复！

更可怕的是，按照赵叔的说法，山体滑坡带来了麟铜分布的改变，更多空间泡很可能已经出来了！而在当年那场事故里，个位数专门传送人体的空间泡就在几天内屠尽了全厂人！

"这么危险的东西，你们为什么不把这里彻底封死！"小罗扶着赵叔，在风雨中大声责怪。

小罗不会懂，但是我明白。这个东西的研究价值太大了，足够让一个国家在历史的进程中弯道超车，雄踞世界前列很多很多年。何况这是人类的财富，甚至能够彻底改变生产力和生产关系，几个人的牺牲远远不值一提。再说了，这么多年都能保持稳定运转，人们没有理由放弃这个彻底击败距离的有力武器。

只是，失控的为什么是今天？

赵叔体力不支，刚走到铜像处就倒下了。我和小罗想把他拉起来，赵叔只是摆摆手，表示自己一步也走不动了。我们只得绕到铜像身后去躲避迎面而来的暴雨狂风。

只是在翻滚的黑云下，双手握拳的工人似乎变得更加勇猛，不惧一切风雨。

"玉瑶，你们先走吧，我还得回去。"

"回去？那里那么危险，您——"

"我刚刚是被恐惧冲昏了头脑才想着一走了之，这实在太不负责任了。你有没有想过，如果我们不去管它，让几个空间泡流窜到村里、镇里会是什么后果？会有多少无辜的人瞬间消失，掉进河里或者像我一样嵌在墙里，甚至像当时稀有金属矿里的所有人一样，尸骨都找不到一具！"

杨姑娘灿烂的笑脸闪过我的脑海，还有满载鲜花的客车和层层苍翠的梯田……这里美好的生活，就要被彻底打破了吗？

"可是，空间泡行踪如此诡异，我们也没有任何办法捉住它，您回去又有什么用啊！"

"其实有办法。"

赵叔告诉我们，父亲曾教过他们做简易的空间泡捕捉器。只需要两片麟铜夹在空间泡两端，就能和铜像一样暂时制住它们。但是，即使是麟铜也无法移动空间泡，制住的时间也非常短暂。十年来他们的研究对象都只有联通向羽村内外的那个泡泡，没人敢冒险将它放出，所以并没有实践这个理论的机会。

在赵叔的带领下，我们打着伞在雕像底端用打火机熔化了一部分金属。黑色的液体流淌到地面上，渐渐凝固成一个手掌大小的不规则圆盘。我们先做了六个小圆盘。

"赵叔，和珍珠泡不同，能传输人体的空间泡这么大，这两个小盘能捉得住吗？"小罗问道。

"孩子，空间泡并没有固定的大小，它会根据相同属性物体对自身定域进行相应的变化。不然怎么会刚好有我这么大的空间泡，又刚好符合动作和形状，没让我缺胳膊断腿呢？当然，也有可能它们根本没有我们常识意义上的形状，只是一个点，一个空间的裂缝。当然这只是我的假设。"

小罗看起来不是很理解，但他还是点了点头。

"孩子们，我们一人拿两个圆盘。如果有人消失了，一个人就用圆盘围住消失点，而另一个人无论出现在哪里，也要立刻回身围好出现的地方，好吗？这样总能保证有人困住了空间泡。"

"可是，这些泡泡又看不见，我们怎么才能知道自己抓住了它们没有？"

"不用完全抓住。有这种材料在的地方就会限制空间泡的行动。不然雕像的手就会封死了不是吗？"

十三

"一进门不是走廊吗？怎么……"

赵叔实在行动不便，再说也需要有人把情况传递出去，所以最终回去的只有我和小罗。一路都没有异常，没想到刚进宿舍楼就遭遇了空间泡。两人瞬间落入黑暗，一时惊慌失措，竟然也忘了围堵的事情。

小罗打开手机上的手电筒，发现一切都变了。空旷的房间散落着不少长胶卷，还有破桌烂椅、各种杂物。窗户一半是黑的，只有上部能看见外面风雨大作，还有不少雨水打进来。

"我们肯定已经不在那栋宿舍楼了。"

"可是来的时候只看到一栋建筑啊。"

小罗拾起一条胶卷，照了照。

"很可能是当时的职工电影院。这里常常山体滑坡，还有泥石流，可能是几年前被埋了。"

我点点头，认同了他的看法。

"门推不动，只能从窗户上爬出去了。实在不行还有赵叔，他知道我们在住宿区，出去以后会找人来救我们的——赵叔？"

一道闪电划过，玻璃上映出一张人脸——赵叔正蹲在窗户外面厚厚的积土上望着我们。

他不是走不动路吗，怎么会这么快——？

"赵叔！赵叔快救救我们！"我在屋里大喊，拼命冲他挥手。

中年男子的面孔令人琢磨不透。他就这么静静看了我们一会儿，什么也没说，什么也没做，在暴雨中径直离去了。

"赵叔！赵叔！我是玉瑶啊！"

"别喊了，省点力气吧，"小罗说，"你还没看出来吗，他想要我们的命呢。什么为了村民，什么用麟铜片围捕空间泡，估计都是扯淡。"

"为什么，我们才第一次见面，为什——"

话音未落，只听一阵隆隆巨响由远及近，吓得我们又往深处缩。

安静下来后，掉下来的泥土把出口全堵死了，房间彻底漆黑一片。

"别管为什么，先想办法出去再说。"

我很同意。这里的氧气含量很令人担心，不知道能够我们两个人撑多久。还有那个空间泡，不知道又跑到哪里去了。

"我们应该顺着房间找找它，说不定就被传到外面去了。"

"对啊，正好传进泥石流里，一了百了。"

"玉瑶姐，别这么悲观嘛……哎，你看这是什么？"

十四

小罗在地上找到了一个满是灰尘的油纸包，四块砖头大小，上面一层一层包了好多塑料袋。

我们把四个金属圆盘摆在身边当成护身符，以期空间泡不会飘过来，然后才定下神来研究神秘包裹。

里面的物体露出真容后，小罗激动得叫了起来。

"我的天，是古董相机！"

"什么？"

"索尼出的数码摄像机，我看看，DCR－VX1000E，1995年的货，保存得还这么好！"

"你这么了解？"

"当然，我妈当年也是搞摄影的，这种机器有不少，我从小研究到大的。"

"你觉得它还能用吗？说不定有线索。"

"我看看……电池和磁带都是分开装的，都没有损坏，我们装回去试试。"

没想到，这竟然是父亲的机器。

"——滋滋滋——玉瑶，我是爸爸。"

第一段视频里，年轻的父亲出现在了镜头前。

"嘿嘿嘿，你还在妈妈肚子里呢。你知道爸爸在哪吗？爸爸在贵州，离家可远可远了。爸爸不是不想陪你和妈妈，可爸爸得工作啊。这里有一个特别好的机会，做出成果来的话，你一辈子就衣食无忧，想干嘛就干嘛了。当然要是能和爸爸一样学粒子物理最好了，不过妈妈恐怕不会同意，她怕你也跑到大山里来呢……"

"玉瑶？"

"我没事。继续放，下面肯定会有线索。"我的眼泪在黑暗中流下来，但用尽全力保持了声音的平静。小罗轻轻抓住了我的手。

"——滋滋滋——"

画面转向了户外。似乎是雕像刚落成的时候，十几个青年男子围着它，其中一个比较年长的站在高处，手里拿着什么东西。他冲着摄像机方向大喊："小安！你录了没有！"

接着是父亲的声音。

"录着呢，贾工！"

"好嘞，大家瞧着！"

贾工夸张地轮了一圈胳膊，然后小心翼翼地把什么东西送进了雕像的手中。

"小赵，珍珠过去了没有？"

一个小个子蹲在地上，仔细地往铜像的另一只手中看。

"过去了，过去了！"

听到这话，所有人都拍手叫好，欢呼声回荡在山野间。

"行行行，过去了就起开，让小安来拍拍！"

"来了，来了！"

画面晃晃悠悠越来越近，清楚地拍下了每个人因为兴奋而发红的脸庞。最后，镜头对准了雕像的手，里面赫然摆着一颗珍珠。

也是我在雕像中见到的那一颗。不过，那时珍珠还未蒙尘，也没有随着岁月变黄。它是那么纯白美好，一如画面里每一个人的理想与情操。

十五

画面一转，似乎很长时间过去了。镜头里像是一间办公室，贾工坐在一张大办公桌后，胡子拉碴，狠狠抽着烟。

他看到了镜头，眉头皱成一团，但看起来没精力管这些了。

"贾工！"

有人在画面外喊他。

贾工望向来人，脸一下子舒展开来。

"怎么样？有什么消息吗？"

"没有。失踪的工人还是没找到，而且，而且小钱也……"

"小钱？小钱不是和你在一起的吗？他怎么了？"

"小钱同志牺牲了，我们是在山里把他挖出来的……"

听到这话，贾工的五官又拧成了一团。

"贾工……"

"唉。可怜的孩子。明天和罗姑娘他们一起葬了吧。还有，最重要的，坐标记下来没有？"

"记下来了。可是……"

"可是什么？吞吞吐吐像个大姑娘，有事直说！"

"贾工，我知道咱们到这儿来一驻就是十年，为的是什么，啊？一个虚无缥缈的超距传输神话！"

"张工，你冷静点！"是父亲的声音。

"小安，这没你说话的份！"

"张工。你我都很清楚，这不是神话。那个珍珠就是证据。"

"十年了，整整十年了。除了珍珠以外，我们可曾有什么进展？原理搞清楚了吗？规律摸清了吗？我们甚至没法移动它！还有最近放出来的那些魔鬼……你是没体会过和墙壁融为一体的感觉！"

贾工浑身颤抖，似乎无话可说。但来人却没有停下来的意思。

"贾工，现在不是我们能处理的情况了，全部撤离吧。让直升机带着金汞液填满这个山坳吧。"

"那我们的成果可就全完了。"

"也比我们这些人全完了好。"

"小安。"

贾工突然看向镜头。

"你说你有办法捉住它们，对不对？"

"我最近在算它的出现频率和地点，可以一试。"

"好。张工，再给我三天时间。要是捉不到它们，咱就全体撤退！"

画面又一转。

这次的场景很熟悉，是我们进去过的那个房间。闹哄哄的，人很多，镜头似乎好不容易才挤进去，但墙的四周没有黑色的金属书架。

不对，拨开人群后，我看到两个金属书架并排放在房间正中，架子间留着三臂的距离。

书架间的空地上站着一个人。

我认出来那是贾工。他并没有被东西夹住，可手脚却像被无形的枷锁束缚了一样保持着诡异的姿势。他的表情极其痛苦，从喉咙里勉强发出声音。

"别……别过来……"

"张工，怎么办？"我听到有人焦急地问。

"大家别碰他，人一旦接近也会被'它'影响！现在贾工和那个珍珠一样，两边都被金属钳住了！唯一的办法就是找到另一边的'它'！贾工，你在哪？"

"山……"

"很明显是在矿山里。"是父亲的声音，"肯定是那种金属最致密的地方，所以和珍珠不同，贾工连带'它'都动弹不得！"

"怎么办，那么大的矿山，上哪去找啊。"有几人的声音都带了哭腔。

尽管身在房间，贾工看着快要窒息了。他已经说不出话，眼白布满血丝，眼球缓慢转动，死死盯着房门。

这时，一个气喘吁吁的小工推着一桶缓慢翻涌的金属溶液撞门而入。

"你疯了吗？贾工还没救出来，你拿这个干嘛！"

"……倒。"

"老贾？"

贾工浑身颤抖，双唇艰难张开，爆发出最后一个声音：

"倒！"

一个人抢过小工的推车，将整罐金属液向痛苦的男人身上泼去……

我倒吸一口冷气，突然知道厂区里座座诡异的麟铜像是怎么来的了。

十六

最后一段视频里的场景正是这个废旧的电影院，出镜者则是父亲本人。

那时电影院还没被淹没，不过外面也下着大雨，父亲在一个昏暗的角落趴在镜头前。我从没这么近见过父亲。他看起来疲惫又难过，脸上冒出参差不齐的胡茬，头发混着汗水一缕一缕贴在额上。不过，我还是能在这张脸上看到自己的样子。像母亲说的一样，我们眼睛的形状很像。

"喂，我不知道谁能看见这个录像，但它很重要知道吗？"刚说了一句，父亲就紧张地向后看去。背景只有一片昏暗，我和小罗什么也看不见。

"我们的时间不多了，我该早点录这段的。"父亲的语气很焦急。

"我是安麟，10 年前应召来到扬武稀有金属矿，调查这里的超距传输现象。我们一行人有 20 个物理学家，其他都是这里的矿工。现在还剩——"他又往后看，接着很快回过头来。

"——还剩三人。另外还有十几人失踪。不过凶多吉少。我从头讲吧。五年前，我们发现扬武矿场存在类似微型虫洞的空间泡，并实现了珍珠的超距传输。这种空间泡很可能是由富含稀有金属的矿物激发的，同时这种矿物也能在一定程度上抑制空间泡的移动。但是这种抑制也不算稳定，如果不是扬武此地遍布特殊矿物，空间泡将以不可思议的速度扩散。

"起初，我们发现不同的空间泡会特定传输不同的物质，大多都是珍珠类的小物件。但在对空间泡的深度开采过程中，特定传输人体的空间泡出土了。它的活性极大，几乎逃离了土地的束缚，一天之内传输了几十人。他们在河流、半空中出现，甚至深嵌在墙壁和山体之中，生还者寥寥。此外，这种杀人泡的定域性也比较差，人体周边的物品，甚至是相距不远的其他人也会被影响。我们用金属熔液四处围捕，牺牲了很多人，终于抑制住了大部分杀人泡。我们都知道，绝不能让这种看不见、摸不着的杀人魔离开扬武乡、扩散到全世界。"

"安工，时间快到了！"不远处有人呼唤父亲。

"知道了！"父亲头都没回。

"围捕空间泡的基础，就是它在整个矿场的运动规律。我记下了所有空间泡出现的地点和时间，分析了移动轨迹，再结合地下矿物的分布，终于能够成功预测它的行踪。"父亲拿着一个本子在镜头前晃了晃，上面写满了复杂的计算。我认出那是记着两个神话的本子的另一半。

"如果我没计算错的话，10分钟后空间泡会从这家电影院西北角出现，我们会站在那里。按照计算我们会被传送到12点方向300米处，那里已经布置好了围捕杀人泡的陷阱。如果我们出现，说明这个地点是对的，那么最后一个杀人泡也能被抓住了。如果在那个地方不行，下一个地点也设置了自动陷阱，应该不会有问题……希望如此吧。"

"安工，快点了！"

"好了！"父亲大声回道。他向镜头伸出了手，画面停了。

但父亲紧接着又出现了。

"对了，我还有个可爱的女儿叫安玉瑶，你要是能见到这个录像，请你告诉她，这么多年来我最亏欠的就是她们母女俩。我，我，wil gangb mongx。"

是苗语的"我爱你"。

画面黑了。我泣不成声，小罗则紧紧把我抱在了怀里。

"玉瑶，玉瑶，你看，还有一段视频。"

我赶紧擦擦眼睛，父亲又出现了。他瞥了一眼身后，声音比刚才小了很多。

"其实，对于整个事件我一直觉得有什么不对。就算是微型虫洞，物体的传输也是需要时间的，但我拍过很多次珍珠的超距传输，都出现了一张照片上有两颗珍珠的状况……如果说距离太短，相机也捕捉不到变化的痕迹，那贾工那次呢？他的尸体在几百米外的山里，可房间的贾工却是连续的。无论我怎么调慢录像，甚至一帧一帧地看，都没有发现任何贾工不在这里的证据。难道这个世界上出现了两个贾工？难道贾工同时存在于山体内部和我们面前？

"难道这个东西不是什么空间泡，我们从一开始就犯了一个大错误？"

十七

这回画面真的没了。在录像机下，我找到了父亲的笔记。

父亲他们没有找到原理，但凭着几百人消失又出现的坐标和时间以及地下矿产的分布状况，连拼带凑地搞出了一个预测空间泡行动的模型。看惯了精巧对称的物理公式，这个庞杂繁复的模型在我眼里就像一个垃圾拼成的机器，丑陋无比。但这是救命的唯一方法，我只能勉强回忆起这几次空间泡出现的情况，硬着头皮计算。

手算能力毕竟有限，再加上不是自己亲自建立的模型，我几次进入了死胡同只能从头再来。我想细细计算，又担心等我算完了早已错过空间泡出现的时间。我的手越来越抖，汗珠一颗一颗掉了下来……

"我来吧。"小罗突然说。

"什么？你——"

小罗拿过本子和笔，把照明用的手机塞进我的手里，低头开始计算。

只看了几秒钟，我的疑惑迅速变成了钦佩，又转成了怀疑。

在他的笔下，海量的数据被梳理归顺，从密集的雨点变成涓涓细流，温柔地在运算符号的引导下流淌；可憎的变量则圆润成珠，大大小小落入玉盘，然后滚向关键的节点，像星星一样灿灿发光；巨大或极小的数字和长长短短的公式被他替换成希腊字母，转眼纸面只剩一首古语写成的诗；接着诗迅速变成画，美丽而规整的数又出现了。

我看呆了。我曾见过大师推导公式，也曾亲手证明定理。但前者的震撼感和后者的成就感和现在完全不一样：一切都舒服顺畅，一切都本该如此，像叶子随风落下，像溪水往低处流淌。

"小罗，你到底是谁？"

"我呀？一个摄影师。"他轻松回答着，行云流水的数字源源不断从笔尖流出。

"除此之外呢？"

"超距传输的信徒，粒子物理学的求索者，也是一个想查清母亲死因的儿子。"

"你不叫罗凯。'罗'是你母亲那边的姓。"

"是的。我也没有 40 岁。汤川秀树也不是我的老师，我去东大的时候他早就去世了。但他是我的精神导师。"

"你是白振雄。"

还在计算的少年微微一笑。

"可是……为什么？"来扬武以来的一幕幕在我眼前瞬间闪过，小罗的一举一动突然都变得刻意了。

"什么为什么？"

"为什么不早说，为什么用化名，还有为什么你这么年轻？"

"大部分杰出科学家的 20 岁都是产出最高的时候。你不应该不知道。至于为什么隐瞒……其实这次来，我有一个任务，就是考察空间泡研究所领导人的继任者。超距传输的重要性我想你也清楚，领导者的品质至关重要，不仅是专业素养，和这座村庄的羁绊，还有人品……赵叔本来也是考察对象，但他……我想他猜出了上面的用意，认定你是最大的威胁，才利用对空间泡的粗浅认知这样对待我们。"

我想到窗外那张冷漠的面孔，感到异常难过。

十八

"好了。约半个小时后，这个地方。"

白振雄圈出几个数字，又在父亲的模型上标出几个错误，随手往角落里一指。

"得救了。"听说半小时之后就能逃出生天，我也放松了不少。

"也没那么乐观，你爸当时出现的地方我们来时见了，比他们那时高了不少，估计是泥石流的杰作。"想到父亲很可能是被一场泥石流夺去了性命，我的鼻子就一阵发酸。

"那也比困死在这里好。对了，刚才你爸说'犯了错误'，你觉得是怎么回事？"

"白老师，您看呢？"

"你看你看，我就知道暴露身份以后会搞成这样——有老师在的地方学生总是会轻易放弃思考。"

"对不起白老师。"我低下头，脸更烫了。

"想什么就说什么。"

"那个，白老师，雕像手里的珍珠，会不会也是两颗，而不仅仅是快速闪灭的一颗？"

"有可能。在那个房间，你提到了我的两个理论，一个是不同物体的时间流速不同，一个是时间有第二个维度。其实我还有一篇关于时间的论文没发表。在扬武附近的实验室，我曾观测到一个独特的现象：微型粒子移动时，它的物理量有时会短暂加倍。但那一瞬间非常短非常短，短过所有我们能够计量的时间单位。我只能大胆假设，在同一个时间截面出现了两个粒子。而在矿场，看到了两颗珍珠，看到了同时出现在两处的人，还有你父亲的疑虑，我认为我大部分的假设都离真相很近了。"

"您的意思是，超距传输就是一只看不见的手从时间的间隙伸出来，把一个东西从一个地方拿起，再放到同一个时间截面的另一个地方？只有这种情况下才会在同一时间出现两个珍珠。"

这正好符合了我们当时所做的第一个假设：有人在我们看不见的地方把珍珠拿过走了。只不过这个"人"是超越维度的力量，这个地方是时间与时间之间的距离。

"如果是从时间的角度考虑，被拿起的可能就是时间本身。"

"时间的间隙，时间有不同属性，在一个时间里移动时间……这也太玄了吧，我怎么也想象不出，到底是……"

"很正常。来到更高的维度后，我们就不能再依靠直觉了。这才涉及五维时空呢，早点抛弃直觉，对你今后的学习有好处。"

我点了点头，大脑飞快地转动起来。我回溯来到扬武遇到的一切，父亲的录像，诡异的珍珠，可怖的大泡，还有那两个神话……

为什么姑娘不能在三天内跨越千山万水，而锦鸡却可以？这不就印证了每个物体有不同的时间属性吗？不同的时间泡传送有不同属性时间的物体，也可以说得通了。不对，现在不能叫时间泡了——

时间不连续。

时间拥有不同属性。

时间可以移动。

这三个特征摆在一起，答案突然呼之欲出——

"白老师，如果时间是一种粒子的话，就可以解释这一切了呀！"

十九

说出这句话的同时，一阵恐慌突然向我袭来。如果不是空间泡而是时间泡，如果不是爱因斯坦－罗森桥而是移动的时间粒子，那么父亲他们的抑制措施还有用吗？在空间角度的禁锢只能禁锢一时，如何才能把这些被激发的活动时间粒子打回稳定的时间场之内呢？

看到白振雄的表情，我知道他和我想到了同样的问题。

"玉瑶，也许我们只能从时间的角度湮灭时间粒子。"

"湮灭？"

"对。物质不可能凭空增加或减少，时间粒子也不能。同一时间截面出现两个物体也就意味着出现了两个时间粒子。那么其中一个很可能就是与其本体时间属性相反的虚粒子。两个粒子互为反粒子，相撞必然湮灭。"

"你是说，在同一时间让两个时间粒子相撞？"

白振雄没有摇头，但也没有点头。他第一次皱起了眉，第一次没有找到答案。

先别说我们根本动不了时间泡，就算动得了，两个粒子出现的时间都只有一瞬，那一瞬还是我们根本感知不到的时间截面。我们这些肉体凡胎的三维生物能怎么办？我们是能停止时间，还是能折叠空间？

是啊，我们根本办不到。想到父亲，我现在恨不得钻进时间的缝隙，把一个个不老实的时间粒子全部捏碎……

"算了，先别管这些了。时间快到了，我们先出去再说吧。"

白振雄扛起父亲的老式相机，拉住了我的手。我的脸又红了，顺从地和他去了时间粒子即将出现的地点。

"我们出去以后就去求救。我会召集一个考察小组再来扬武，去解决下面的谜题。玉瑶，你已经比你的爸爸厉害很多了，他会为你骄傲的。"

我望着他点了点头，泪水流了下来。

来到地面后，狂风暴雨直接把我们拍翻在地。我勉强坐起身，感觉雨点像子弹一样打在身上。这时我才想到自己整整一天都没有吃东西了。

我们隐隐听到远方传来奔雷的闷响，像千军万马朝我们奔来。是泥石流。

白老师也同样疲惫。我们跌坐在雨里，带着时间和空间的秘密，却无法再走一步。这个深藏在大山里的村落，就是我们最终的归宿吗？

"玉瑶！"

恍惚间，我听到有人叫我的名字。

"玉瑶！"

"玉瑶！"

"玉瑶！"

声音越来越多，越来越大。但我太累了，无力抬头。

又过了一会儿，我感到一双温柔的手将我轻轻拉起，又为我披上雨衣。

"杨姑娘？"

不仅仅是杨姑娘，当时在客车上遇到的人，还有很多没见过的村民都来了。他们离开安全的家舍，冒着狂风暴雨来找我们两个陌生人。

喝了点水后，一个苗族小伙子把我背在背上，另一个扶起了白老师，一行人找到一所破旧的传达室先行避雨。

吃了两口东西，白振雄又拿出笔记推算。这次，他的眉头越皱越紧。

"怎么了？"

"先别说话。"

我知趣地不再打扰他，转向另一个没有想明白的问题。

"杨姑娘，厂区这么大，你们怎么在这里找到我们的？"

"因为安工当年也在这里出现过呀。"

什么？父亲？

"十年前了，也是暴雨。我妈妈正好在附近采药，那时向羽村非常封闭，很艰难才能活下去，厂子的出现给我们带来了希望。但那几天厂子里却不知道出了什么事，几乎都没人来村里了。妈妈就在附近避雨，看见安工突然出现在雨幕中。"

"父亲？他在做什么？"

杨姑娘摇摇头。

"他看起来很疲惫，和你们一样。妈妈上前想要帮他，安工却让妈妈快跑。当时，他说他要去什么地方，在那里可以推给向羽村一条路。"

"然后呢？"

"然后，泥石流就来了，妈妈只得先走。她说她回过头，只看见安工直起身子，直面滚滚暴雨，举起了……举起了一把刀子……"

我捂住了嘴。

"安工凭空消失了。第二天，全厂的人也都消失了，但山北的通道出现了。直升机带了很多军人过来封锁了一切，妈妈也被叫去问话，这些东西也被要求严格保密。但我们都知道，是安工向山神献祭了自己，才换来了我们今天美好的生活。所以，我们说什么也不能让安工的女儿有事。"

这个世界上不存在山神，但父亲确实为了这个村落献祭了自己。他的青春，他的家人，还有他的生命。

父亲确实拯救了这里，不过他是怎么做到的呢？

他到底去了哪里？为什么向羽村的路，是他"推"过去的？

正打算和白振雄讨论，只见他眉头紧锁，死死盯着笔记。

"空间泡马上就要过来了，大家必须逃走，不然这里所有人都会死！"

二十

逃？要逃到哪里去？

外面是滚滚山石，是倾盆暴雨，连这小小的传达室都如巨浪中的小舟，随时可能在大自然的重击下瓦解消失。

小屋里的气氛却没那么凝重。村民们没有见识过空间泡的可怕，对即将到来的威胁没有感性认知。他们把我俩围在中间，说一定要保护好我们。

风雨更大了。万钧雷霆四处炸响，耀眼的闪光不断切换小屋的明暗。滚落的山石时时冲击着墙壁，裂缝从各个角落里悄然出现。

更可怕的是，食人泡就在路上。如果什么都不做，我们所有人都会被牢牢嵌进山体，在几分钟内窒息而亡。

现在是留遗言的时候吗？还是……我冷得浑身打战，也怕得不能自已。

这时，白振雄抓住了我的手。他没有看我，但手上力道很大。我也紧紧回握他，感到掌心像太阳表面一般炙热。他在思考，我知道，他永远不会停止思考。

那份冷静也感染了我。迷乱的思绪停止了，事件本身渐渐浮出水面。现如今，只有制止住即将到来的空间泡，我们才有一线生机。

可是，那要怎么做到呢？

从空间的角度考虑没用，用物理的手段没用。要从时间的角度考虑，要从粒子的角度考虑……

不连续，有不同属性，可以移动……

时间的截面，时间的湮灭，时间的间隙……

爱因斯坦的名言在倾盆的暴雨中回荡，白振雄的论文在发昏的头脑中旋转……

少女变成锦鸡飞越万水千山，七姑娘舞姿妙曼，在稻花魂的歌声中归来……

七姑娘，七姑娘，七姑娘……

"白老师。"我轻声呼唤。

"怎么了？"他温柔回应。

"我知道了！"

"知道什么了？"

"为什么意志太坚定就走不了，为什么意志不坚定就回不来。"

"什么？"

"因为七姑娘……因为就像您说过的，物体的时间属性会随着状态改变而改变啊。"

我知道了，只要身处时间泡的一瞬间改变自身的状态，就不会符合那个时间泡的时间属性，时间泡就走不了，但在那个时间截面上，时间泡又已经走了。只有这样，同一个时间泡的正反粒子才会出现在同一地点，只有这样，杀人泡才能湮灭。

而人类精神状态最大的改变，莫过于生死二字。

所以十年前，父亲才会在风雨里挥刀自尽。他以自己的生命为代价，湮灭了一个恐怖的时间粒子。

不，不仅如此。

我又想起了杨姑娘的话。那时，父亲说自己"要去什么地方，在那里可以推给向羽村一条路"。

他消失后，所有的食人泡都不见了，山北却出现了可以稳定传输万物的向羽村通道。

这不是湮灭了一个时间粒子就能做到的，解释只有一个，父亲本人进入了时间的间隙！

那会是一个什么样的场景呢？

也许，世界会变得极其安静，风雨雷电，泥石翻滚，什么声音都没有。

也许他能看见雨滴悬在空中，看见闪电禁锢在云层，看见不远处正翻滚而来的石海。当他伸出手，会发现自己像幽灵一般穿过雨幕。

也许他会拥有一种全新的感受。不是颜色，不是声音，不是冷暖，而是不同的时间。他能感到自己的时间，和杨姑娘母亲的时间很像，但又和其他死物的时间完全不同。也许所有的时间像不同颜色的果冻块一样压在一起，填满了整个世界。

也许他就是这样推着不安分的时间粒子们前行。把食人粒子一个个推进地下，让致密的麟铜矿藏困住它们；又挑出了最适合的一个，送到向羽村内外，为这个封闭的村庄打开了一扇窗……

也许他还会在这个世界游走，母亲说那天我曾见过他，也许是真的……

那他最后去哪儿了呢？我被时间的长河拥裹向前，他却永远留在了过去的一个间隙里吗？那里还有没有死亡，还有没有希望？

不过没有关系，我马上就会知道了。

二十一

我把这些事讲给白振雄听，让他把空间泡即将出现的坐标告诉我，求他以后帮我照顾生病的母亲。

但是他没有答应。

"玉瑶，能想到这些你真的很聪明。不过去做这些事的应该是我呀。你知道吗，我从小在向羽村长大，是你父亲的牺牲才让我有机会走出去上学，才能接触到物理学的奇妙世界。我欠他的。"

"可是——"

"还有，经过这次考察，你的天赋远在我之上，更适合带领团队研究时间粒子。我有预感，在未来，你会用时间粒子这个有力的武器彻底击败距离，让人类走进一个崭新的纪元。想想吧，再也没有旅途的劳顿，再也没有等待的艰辛。每个人都不用再在空间转换上消磨时间，这就等于扩展了自己的生命。这不是你最想要的世界吗？"

"可是——"

"还有，今天早上给你拍的那张照片，是我……是我见过最美的人像。"

他的目光中流露出真切的情意。

"不要为我难过。如果你的假设没错，我不过是像你的父亲一样，永远留在了此刻。"

在众人惊讶的目光下，白振雄打开后窗，敏捷地跳了上去。

我哭着跑向他，但他只是回过头冲我笑笑，便纵身一跃，轻盈得好像一只飞入雨幕的大鸟。

然后，他永远消失在了泥海。

二十二

小屋终于还是扛住了风雨泥流，时间粒子也没有到来。

赵叔的尸体不久之后被发现了，死因是山间飞石。据说他深耕山区十年却无法迎来升迁，一直对我的到来抱有敌意。

这些都无所谓了。

我不知道白振雄那天看到了怎样的风景，但向羽村的通道又回来了。不仅如此，贵州数百个贫困山区附近都出现了足以运输卡车的万用超距通道。我知道，都是他的功劳。

母亲病好以后，我把她接到扬武休养。

这里，我们都曾在时间里丢失挚爱，这里，也会是一个崭新时代的起点。

遥远二字，将在此地彻底终结。

·思想实验室

1.在这篇小说中,主人公用珍珠做实验,试图寻找超距离运输的原理。请你回想一下,主人公通过"珍珠实验",得到了什么结论?除了探寻物理原理,"珍珠"在本文还有什么作用?

2.在小说中,不论是"我"的父亲还是白振雄,在危难时刻,他们都义无反顾地选择了舍弃自我,也舍弃了挚爱的人。从某种意义上说,作品体现的不仅是人物,更是作者在"小我"与"大我"两种价值观之间所做的抉择。在现实生活中,还有哪些选择"大我"舍弃"小我"的人物或事例?作为普通人,又该如何处理好"小我"和"大我"的关系呢?

搬家

顾适

　　人类对城市的需求随着时代而变化，城市也承载了人类文明发展的印记。在很多科幻作品中，人们都在探索如何把家园建设得更好。在探索的过程中，也会产生新的问题。比如，我们是否有可能向更远的地方迈进，寻找和建设新的家园？再比如，如果人类要在火星建设一座城，我们要让它承载什么精神？要向世界展示什么？要把什么带回来？

　　这些问题庞大而遥远，正是小说《搬家》中的"我"要解决的问题。几十年前，两个科研人员在传说中最像火星的冷湖相遇、相爱，并共同参与到了火星城市建设的工作当中。在双方发生了很多次争执后，项目终于有所突破。然而，当女主人公辛越拿到移民火星的名额时，她才意识到，那些争论背后是两人价值观的差异。从"如何建设火星"到"是否移民火星"，他们的争论话题也是人类必将面临的难题。更让人头疼的是，在"如何建设火星"这一问题上，"我"和爱人产生了巨大的分歧。"我"的理念建立在经验之上，以人的生活需求为中心；而爱人辛越则更加激进，主张进行人工智能实验，用"算法"构建一切。两者没有对错之分，只是反映了二人关于城市的理念不同。

　　有趣的是，作者顾适本身就是一位城市规划师，她曾说城市规划"更像是一种真实版本的科幻"。例如现代主义大师勒·柯布西耶在巴黎改建规划中，一反当时反对大城市的思潮，主张全新大胆的城市规划，首先提出高层建筑和立体交叉的设想。柯布西耶的理念影响了很多国家的城市规划方向，他的想象力最终重塑了现实。我们在主人公辛越身上，能够看到相似的精神特质。

在争论"是否移民火星"问题时，两人提到了另一个地点——冷湖。小说前半部分提到，两人的相遇就发生在冷湖，他们出现在这里的原因也很一致——冷湖是地球上和火星的地质构造最像的地方。而此时此刻，当他们争执是否离开地球移民火星时，冷湖再次成为火星的参照物。在"我"看来，冷湖作为中国第四大油田，曾经也和如今的火星一样是"未来的方向"，但如今也不过化为断壁残垣，火星也可能有相似的命运。辛越却认为，在下一个"未来"到来之前，我们就应该为眼前的希望奋斗，这是一代人必有之使命。某种程度上，探索火星就是"冷湖精神"跨越时代的延续。在这段残酷的对话里我们意识到，每一代开拓者都要面临巨大的不确定性，会付出很多代价，但对"未来"的好奇心和使命感让他们更加勇敢地迈向不确定性，也正是这份勇敢，让人类的脚步迈向了太空。

如果你是一位科幻迷，你可能会发现近几年有很多科幻小说都有冷湖的影子。有人说，冷湖是地球上最像火星的地方，偏僻无垠的戈壁滩、嶙峋的雅丹地貌和绚丽的暗夜星空，都给人强烈的"科幻感"。2018 年 4 月 1 日，冷湖受到异常光波辐射，更是引发热议。随后，科幻作家团队到这里集体采风。活动结束后，首届冷湖奖征文公告正式发布，评委会选出了 12 个最具想象力的冷湖故事，集结成作品集《十二个冷湖》，其中就有顾适的这篇《搬家》。此后，每年"冷湖奖"都会如期举办，关于冷湖的传说，也在继续书写……

·正文

一

"喂！老爸！这是什么呀？"

我费了好大力气才睁开眼睛，辛怡正举着一个白晃晃的东西。

"什么？"我茫然地说。

"呀，我没看见你睡着了。"她吐了吐舌头，"抱歉。"

骤然惊醒，我一时有些迷糊。现在几点了？——是白天，窗外树影摇曳，透着暖意。我在哪？——这屋子像是被人洗劫了，所有的抽屉柜门全敞着，内里的东西全堆在地上。我动了动手指，又挣扎着想从沙发上站起来。辛怡说："你别动，我跟你说了，搬家的事交给我。"

哦，搬家啊。

有女儿在，确实没什么好担心的。我挪了挪屁股，让身体陷进沙发深处。辛怡蹲下，把两个手肘支在沙发扶手上，于是我终于看清她手里的东西：一个 iPad。

"你小时候可爱玩 iPad 了，不记得了？"我问她。

"哎呀，我不是问你这个是什么！"她说着，把屏幕凑到我面前，"我是问你这张照片，你来过火星？"

屏幕上是一片广阔的荒漠，参差伫立着沙土山包，照片里的我正满脸焦急，看向远处：风沙乌压压卷了半边天，显然是要吹过来了。

这又是什么时候的事儿？

——这是哪儿？

辛怡说："我第一眼还以为是新京城呢，跟从我家看出去特别像！"她用手在屏幕上点着，"我跟你说，我们那儿，一年里得有四百天是这天气……老爸你这什么表情，你知道火星一年有六百多天吧？你搬家之前得做点功课啊。"

我终于想起来了："这不是火星……是冷湖。"

"哦？在哪啊？"

"在柴达木盆地……靠近敦煌。"

这些地名对辛怡来说，大概和天鹅座的小行星一样遥远。她怔了怔："地球吗？地球上有这样的地方？"又饶有兴致地问，"你怎么去的？那个时候你们用什么交通工具？"

我拨了下屏幕，切换到另一张照片："开车。"

一辆越野吉普，车身上全是土，几乎看不出原先的颜色。我在敦煌机场租的，不是最好的选择，但也经受住了考验。

"酷！我一直想开车！我在博物馆里浸入过赛车手的记忆，可好玩了。"她很兴奋，又用手去戳那张图，图片毫无动静。辛怡震惊地看向我，哀叹："不是吧！没有浸入记忆就算了——连视频也没有啊？这个 iPad 可以录的呀！"

我说："可以，但要占很多容量。"她还是一脸不解，我只好补充道，"存储空间有限。我买的低配版。"

"可以存云里。"

"云也要付费。"我顿了顿，"再说，照片就够了。"

她鼓起脸颊，十分不满："你年轻的时候就是小气鬼。"她把屏幕转向自己的脸，然后左拨右拨。我斜斜看过去，跟着这些照片，终于想起来：因为沙尘暴，我们临时取消了露营计划，把帐篷慌忙搬上车，然而没走多远沙土就追上了我们，能见度剩下不到十米。我们只得停了车，不知何时才能回到城里。

"你跟谁一起去的呀？这些照片里要不没人，要不就只有你。"辛怡问。

——谁？

她连珠炮似的问："你别跟我说你自己去的啊，我知道这玩意怎么拍照，它可不是无人机，肯定是有人给你拍的。"

是谁拍的这些照片？

二

我想起一只手。

她的手。她站在路边，伸出一只跷着大拇指的手。她的脸被一条橘色的大围巾严严实实地包裹着，还戴了一个墨镜。我听说过有男人用这种打扮来假装成搭顺风车的女人抢钱抢车。但我还是停了下来。

"谢啦！"她问都没问，就打开车门，把巨大的背包往后座上一甩。然后看着我："你好！我是辛越。"

声音清脆，是个女的。

"那个……你打算去哪？"我只好问。

"不知道。"辛越回答得特别简洁。她把墨镜摘下来，又开始用围巾擦脸。我很担忧，那围巾看着并不比她的脸干净，这种心情在当时有一个奇怪的形容，叫作"处女座"——这也是辛越后来经常翻着白眼对我说的三个字。

但那几天我们还没有那么熟。她见我没接话，又说："我听说冷湖那边有个地方像火星。前阵子他们在那儿发现了异常光波辐射，里面有发给外星人的求救信号。"

"我正想去那儿……你还相信这种新闻？"

"总要去看看才知道，毕竟我们现在都要移民火星了呀！一起去嘛。"她把脸从围巾里抬起来，露出一对大而黑的眼睛。期待的，羞涩的，小心翼翼的，像一只找寻饲主的小奶猫。我心中一动，咽了口唾沫："好。"想了想，又把自己的计划对她和盘托出，"我想去冷湖露营。"我听说那儿还有暗夜星空保护区，是拍银河的好地方。

她眼睛一亮："我背帐篷了——"指了指那背包，又抱怨，"可沉了！"

这就算说定了。我换挡给油，车启动的瞬间她松了一口气，把两只手往胸口一抱，终于不再扑腾了。我提醒她："安全带。"

没反应，再去看她，竟然已经睡着了。我只好在路边停了车，帮她系好。她身上有细微的汗味，但并不难闻。等辛越醒过来，我们离火星地质公园只有不到15分钟的路。侧风越来越强，我得用两只手握着方向盘。然而天气看着还算晴朗。

辛越咕哝："还没到？"

"快了。"我说，"你自己怎么走到那儿的？"

我"捡到"她的地方是在305省道，离敦煌足足120公里，四面看去除了枯山就是戈壁。我刚刚一路开车，一路就在想这个问题：她怎么会在那里拦车呢？

她伸了个懒腰："我之前搭了另一辆车。"

我十分震惊："那个司机——就把你放在那了？"

辛越说："我在地图上看到有个湖，他们不想去，我就下车了。"

"那片基本就是无人区！很危险的！"

她被我吼得一哆嗦，然而只是淡淡答道："哦。"

沉默了三分钟之后，我只好又开口："你走到湖边了？"

她说："当然没有。地图上看着近，下了车影子都没有。"

我忍不住又劝她："所以说，你一个女生，还是不要冒这样的险，风景没看到，万一遇到坏人怎么办！……那种地方，你要是热晕过去，或者没有水了，迷路了，可怎么办啊！"

"可我遇到你了啊。"她侧过脸，对我柔柔一笑，"你可比风景棒多了。"

三

"老爸，你去冷湖是干嘛啊？去玩吗？"辛怡腾空了我的书柜，装了几个大箱子，累得满头汗，就端了林水又跑我身边来。

我回答:"算是玩……也是为了工作。"

她说:"别卖关子啦,快说。"

"我们当时在做一个保密项目……"

我才开口,就被辛怡打断:"保什么密啊,不就是火星新京城规划嘛——现在都建完了,你直接说呗。"

我说:"嗯,就是新京城。"那段记忆渐渐清晰起来,"那年我们得到领导的指示,开始参与火星新城建设的前期研究。一般来说,做城市规划的第一步是实地踏勘,然而火星项目非常特殊,规划师没有被列入登陆火星的计划中,我们也没有相应的太空训练,所以这个步骤就跳过了。结果初稿的方案,被领导指出很多问题……"

辛怡耸耸肩:"这也正常啊,谁都没有在火星上建过城市。"

我说:"话是这样说。可我们不能把责任推出去,所以整个团队压力就非常大了。从技术上来说,火星建城对我们来说是一个全新的课题。重力的问题怎么解决,安全如何保障,能量的循环如何做到最完善,城市的交通系统怎么构建,工作与生活的空间怎么安排,每一个研究方向都是全新的。然而时间上又太紧张了。太空货运的技术和经济关卡一突破,去火星建城就是一场争分夺秒的国际竞赛。如果我们不尽快提出一个可行的方案,那么美俄就会抢占先机……"

辛怡说:"那就让他们占先机呗,我们是开工最晚的,可现在还是新京城发展得最好啊。"

"开工最晚……"想起那段日子,我还是忍不住皱眉头,"当然了，你不知道我们当时有多艰难。每一版方案提上去都有问题。领导同我们说：不着急，慢慢来。我们回来就连夜开会，研究什么样的工作进度叫作'慢慢来'。"

辛怡大笑，又问我："有了更多的时间，总能解决技术的偏差吧。"

我摇头："不，真正的问题不是技术，也不是时间。"

"那是什么？"

"是理念。"直到现在，这个字眼依然带有一种奇异的重量。

辛怡不解："理念？"

"嗯。"我点点头，"是我们为什么要去火星，我们要去火星做什么。我们在地球以外的第一座新城，要承载什么精神，要向世界展示什么，要把什么带向未来。"

"Wow。"辛怡想了一会儿，"这个题目确实比较大。"

"我们卡在理念上了。我们把方案拿出去给人提意见，说火星新城要安全，要生态，要传承中华文化，要保证公共资源的平等共享，要全龄友好，要生活便捷……专家点评说你们提的都对，然而这些是我们在地球上就在讨论的话题，现在我们要在火星上建新城，它'新'在哪里？有什么道理，是我们走出地球才能提出来的？不然的话，我们为什么花国家这么多钱，去太空里建一座新城？"

辛怡点头："也对。"

我说："所以我请了年假，想去找个地方想想。网上说冷湖是最像火星的地方，我就飞到敦煌，租了辆车……"

辛怡听到这里，笑了："然后碰到老妈。"

四

"你为什么会来这儿？"

我问辛越。

我们才到火星地质公园，沙尘暴就扑了过来，然而躲到车上也能没跑出去多远。外面飞沙走石，什么都看不到。我把车停在路边，打开双闪。黑暗降临，广播里也只剩下"呲呲"的杂音。我只好又把它关上，让车子陷入沉默。辛越看起来有些紧张，把嘴唇都抿成一条缝。我必须说点什么转移她的注意力。

"什么？"她没听清，外面风在尖叫。

"你为什么会跑到这儿来？"我提高了声调。

"哦……"风忽然安静下来，她又被我的嗓门吓到了，瞪大眼睛看了我半天，忽然就笑起来，"你的样子好傻啊。"

我被她没头没尾的话搞得有点恼火："从来没有人说我傻。"

所幸她没有接着这个话题跟我讨论，而是回答道："因为我逃婚了。"看了看时间，又感叹了一句，"12点了——现在本来应该是婚礼。"

这枚重磅炸弹抛下来，我一时真的"傻了"，半晌才问："你……今年多大？"

"21岁。"她说。

"还小啊，为什么……"我不由得怀疑起自己先前的判断。我身边凡学历高一些的，都不会这么早成家。可她身上的学生气太足了，更藏了一股子不谙世事的精明：她尚未陷进世俗的评价体系里，只在眼睛里藏着一把自己的刻度尺，随时用来丈量周遭的一切。

她对上我的视线："别猜了。我读的少年班，两年前就博士毕业了……"我正要说"原来如此"，她却先开口补了一句："——他是我硕士班的同学，比我大八岁。"

这个"他"的出现，让我一下子有些尴尬，但还是忍不住问："为什么？"

她说："他是我所见过的最聪明的人。"

我咳嗽了一声，问："我是说，你为什么要逃婚？"

这个问题其实已经有些过分了，毕竟我们才遇见不久。但或许是因为还年轻，她竟然很认真地思考了一会儿，然后回答道："他是一个目的性和行动力都很强的人，会把每一件事都做到最好。我一直想要追上他的脚步，变得像他那样毫不犹豫，充满勇气。"

风小了一些，阳光正奋力撕扯着浓云，在混沌的天地中拉出几条金色的细线。她停下来，神色依然透着爱恋和崇拜。我只好问："但是？"

"但当我真的站到他身边时，才明白我也是他的一个目标。我和一顶博士帽，一份奖学金，一届学生会长，一个高级职称没有什么区别。我是他身边的配角，他完美人生的装饰物。"她看向我，"让我无法接受的是，这个目标并不是他自己的渴望。他告诉我说，他追求我，是因为所有人都认为我和他很般配。"

这种理由让我很难找到安慰她的话语："可……你们好像也没有什么矛盾？"

"当然有！"她坚定地说，"我以为他是个很有趣的人，但其实他的人生计划，全是为了获得别人的肯定——他只做所有人眼中有用的事情，根本就不知道自己要什么。"

我还是不明白："那你想要什么？"

"我……"她被我问住了，咬着围巾的一角，试图找到答案，"我只知道我不想跟他在一起了。"

我扶额叹道："所以你就逃婚，背个帐篷来了一趟说走就走的旅行？你以为人生是闹着玩呐！"

她还是太年轻了。这种忽然热血冲上头顶，想要摆脱现实追寻人生意义的行为，在当时也有一个名词，叫作"中二病"。

"我没有闹着玩！我走进他的灵魂，发现里面空无一物，这是很可怕的！"她生气了，努力找寻恰当的例子来表达自己的观点，"我们前天大吵一架，是因为火星新城计划！"

"啊？"我没想到她会突然提起这个。

她眼睛亮了："对，就是火星！你看到那个新闻了吗？我们要在火星上建一座 10 万人的城市。我特别激动，他却嘲笑了好久，说建这座城完全是劳民伤财，一点用都没有。又问我，中国没地方放这 10 万人了吗？"

"呃……当然有。"

她说："那为什么要在火星上建一座新城？因为……我们的技术能够在地外行星建设城市了……"如果技术是原因，我很容易就可以找到一万个理由来反对它：为什么要冒那么大的安全风险？为什么花那么多钱？他们说那是人类走向太空的起点，但谁都知道那很有可能也是终点。"

我正被这几个问题纠缠得食不下咽，睡不安寝，再开口时不由得嗓子发干："那你觉得为什么？"

她的话语清晰而冷静："文明发展了一万年才让人类有了移民地外行星的能力，今天我们拥有这些技术，是历史赋予我们的责任。火星新城是一座灯塔，它告诉所有人——未来的方向！"

"未来的……方向？"我咀嚼着这两个词。

风沙散开，乌云奔腾而去。远远近近的怪石从暗影中一个个蹦出来，仿若舞台布景一般，再度立在拉开幕布的大地之上。她的面孔映着太阳的暖光："我们是人类，我们需要生命的目标与意义，我们得冒险，去做一些伟大但或许无用的事。他对这些丝毫不感兴趣，他只能看到娶妻生子，升职加薪。我不想把自己的时间浪费在这种庸俗的'完美人生'里，我需要有一个人，和我一起向未来远行。"

五

"好浪漫啊……"辛怡眼睛里闪着泪花。

屋子收拾了一半，我左手边空无一物，右手边却还是一片狼藉。辛怡不知道从哪里找到一张银河的照片——远景是灿烂星空，近景是两个人站立在雅丹地貌嶙峋山石之间的剪影。我也随之想起那天我和辛越回到火星地质公园，她跑前跑后无数趟才拍出这张照片。也应该是那个时刻，我悄悄下定要把她追到手的决心。回北京之后，我们的关系发展虽然有些波折，但万幸她的前任未婚夫是一个骄傲的人，没有再纠缠她。而经过一段时间的相处，辛越也对我有了积极的评价："你有一个非常突出的优点，就是'共情'的能力特别强。"

我当时问她说："这是什么意思？"

她回答："说明你能够理解别人的感觉和情绪，这在男人里是很罕见的。我从来没有遇到过你这样的人。"

"我平时也不太关心别人的感觉，"我认真地思索了一会儿，"你是例外。"

"好吧。"辛越笑得甜美极了，"那就说明你爱我。"

然而此刻，我却对女儿口中的"浪漫"评价不以为然，一面把自己的视线从银河照片上挪开，一面对她说："火星没有大气层，你家看出去应该每天都是这个景致吧。"

"哎呀我不是说这个。"辛怡用手背抹了一把脸，"我是说，你们在那个时候，就预知了未来——这是时间维度上的浪漫！"

我说："未来哪是那么容易预知的，你知道我们规划方案改了多少遍吗！"

她微微一笑，坐在我身边："得，老爷子又要进行革命教育了。我洗耳恭听。"

我本意并没有要讲这一段，但难得她摆出一副乖巧的样子，便说道："火星新城项目开展两年之后，我们才知道，并不只有我们一个团队在做这个项目。领导也给人工智能团队布置了相同的任务。"

辛怡一愣:"他们也能做城市规划?"

"不,他们拿到的项目要求是一座机器城市,前提任务和我们完全不同。换句话说,当时上面并没有决定,新京城是给人住的,还是给机器用的。所以让我们背对背各自提方案。"就算到现在,我还能记起得知这个消息时的惊诧,两年多不分昼夜的奋斗,难以计数的研究、分析和图纸,却可能连基石都是错误的——这个项目,或许都不需要规划专业的人参与,因为其目标未必是要造一座让人生活的城市!

辛怡说道:"只是一个人工智能的实验室?那就真的没有必要去火星上建了吧……"

"实验室这个词用得对。机器城市是一个太保守的理念,这就意味哪怕人类有了在火星上建城的能力,也不具备移民太空的勇气。所以我们的团队提出,就算是实验,也必须是城市实验,是人的生活方式的实验。不论文明发展到什么地方,人类都应该是文明的主导。这不只包括我们对人工智能的主导权,也包括我们的社会组织形式和生活方式。我们早已在空间站和月球造船厂证明了人类可以在地球以外'生存',但火星新城应当将目标定在让人们'生活',甚至是'繁衍'。"我看向辛怡,"这才是未来的方向。"

辛怡叹息道:"所以归根到底,还是一个理念的问题。"

"所幸领导接受了我们的观点,只是让我们以更少的人口来启动新城的建设。"

辛怡问："那么就是成功了？"

"还差得远。虽然上面认可了我们的思路，但还是认为方案太过常规，要求我们结合人工智能团队的技术方法，提出新的方案。"

辛怡十分惊诧："结合——怎么结合？你们的出发点都不一样啊！"

"现在回想起来，这个项目的过程就是把各种不可能变为可能。"我苦笑，"在明确联合工作后不久，老板把整个团队都带到冷湖，开始为期一年的'封闭'工作。那里当时已经变成了火星新城建设指挥部。"

"又是冷湖？"

我点点头："是的，参与这个项目之后，我才知道当初新闻里的异常光波辐射，就是新京城选址的缘由。那一年各国都在秘密往火星派地质勘测先遣队，有一艘俄罗斯飞船遇到意外，发出的求救信号却在冷湖被接收到了。因为那次事件，人们发现在柴达木盆地有一条量子信息通道，可以接收到火星奥尔斯库陨坑的所有数据。后来经过反复试验，确定这是一条双向通道，也就是说，我们只要在指挥部，就可以实现与新京城的实时通信，而不用等待光从地球到火星的十几分钟时间。"

辛怡问："所以之前你同我们打视频电话，都要从北京飞到冷湖来？"

我没有回答她的问题，轻叹道："也是到了那儿，我才知道你妈妈在做的项目是什么。"

六

"妈，给宝宝留的奶我都贴了日期，您拿的时候别忘了看一下啊，从最早的开始喂。"辛越洗完澡，还没穿衣服就在浴室里对外面喊。她手忙脚乱地抄起一条黑色内裤，我赶忙阻止："穿浅色的。"

她愣了一下，才发现我的投影就在旁边，这种远程三维投影技术是浸入式记忆的前身，由于长期异地，我只能用这种方式表达对她和宝宝的关心。

"你放在外面的那条裙子是米色的，"我说，"会透出来。"

辛越翻了个白眼："处女座。"但她还是照我说的做了，又到衣帽间"刷"把连衣裙一套，就开始吹头发。我妈说了句什么，她赶忙按了吹风机电源："怎么了？"

我妈在客厅里说："你说每天让她几点午睡来着？"

辛越说："她以前都下午一点睡，三点起。这几天稍微晚一点，您还是别让她太晚了，不然夜里影响您休息。"又急急忙忙继续吹头发，忽然停下，"辅食您别加胡萝卜，她不喜欢。"

"好好，知道了。"我妈略有点不耐烦，"你说过两遍了。"

两千多公里外的我，忽然感觉到一阵难以言说的痛苦。我爱上辛越，想要和她在一起，是因为她是个理想主义者，她的渴望超越了生活本身。然而让她远离未来世界，把她拽到眼前这一地鸡毛中的，恰恰又是我们的婚姻。她不再是那个可以"说走就走"的少女了，她是一个有家庭的母亲了——所以，是我折断了她的羽翼吗？

这种划过心尖的战栗和恐惧，大约就是她所说的"共情"，证明我还爱她。

她草草画了眉毛，走到客厅在宝宝脸上亲了一口，然后踩上皮鞋拎起门口的行李箱："杨铭，你知道吗，我这次出差是要去……"

"你身份证带了吗？"我问她。

她懊恼地揉了揉头发，又换了拖鞋冲回卧室，从抽屉里翻出证件，嘟囔着："要赶不上飞机了！"

"没事，我帮你叫了出租车，师傅已经到楼下了。"我安慰她说。

她看了我的投影一眼："爱你。"然后兵荒马乱地冲出家门。

我这才想起自己没搞清楚她要去哪里出差。辛越的研究方向是数据建模，然而她具体在做的课题，和我所在的火星项目一样，都是保密的。所以我们很有默契地不去问对方工作的细节——譬如她一直以为我在冷湖的工作，是负责这里的特色小镇规划。

于是六个小时之后，当我们在冷湖火星镇的会议中心见面时，彼此都在对方的脸上看到了可以称为"震惊"的表情。她看了我五秒钟，又扭头去看会议室里的名牌，才喃喃道："天哪……你是火星新城的规划师？"

我根本说不出完整的句子："你是……"

这个时候指挥部的林主任走进会议室，一拍我肩膀："杨工，这是辛博士，'智城'团队的最后撒手锏。把她请来可不容易啊，她们家孩子还不到一岁，出这趟差是逼人家断奶呢！你们那方案调整可不能再拖了，上次会议的修改意见赶紧落实一下……"

我简直要爆炸："这是我老婆！"

林主任怔住："啊？"

这种故事当然迅速传遍了指挥部，尤其是大家意识到我是规划团队里负责建模的设计师，而辛越博士正是从北京来指导我工作的——一时间，各种消息段子在内部群里轮番轰炸，如果不是要保密，大概当天就会成为全行业的段子了。老板专门给大家开了个微信会议，肯定了我们两口子对彼此的保密工作做得十分到位，要求指挥部里的其他同志都要学习。然而玩笑归玩笑，等到开始工作的时候，我才发现搭档是自己老婆，并不是什么值得欣慰的事情。

"我听说你在改我们的模型？"辛越问。

"你们的模型完全是电脑计算出来的。"我告诉她，"我们当然要做一些设计上的改动。"

"那么你需要改的就是模型的算法和前置条件，还有人工智能的训练计划。"辛越打开她的工作界面，"有一些你们之前提到的内容，比如城市功能的比例、人需要的空间尺度，新的交通模式，我们已经添加到算法里面了……"

她点了一个按钮，一座形状诡异的城市在屏幕上展开，枝叶缠绕，特别科幻。这东西有悖常识，完全没法建。我有点头大：

"但是我们要的不仅仅是'完成'。"

她问我:"那你们要什么?"

我轻轻吐了一口气,告诉自己不要和外行计较,然后打开另一张图,拿起绘图笔,飞快地在屏幕上画:"城市的结构与功能有关,空间则与人的尺度相关。从大的层面来说,我们需要更清晰的组团感,中央的轴线要清晰,两翼的形态也要有序,在城市的中心需要集中的公共活动场所,科研智造应该和居住在空间上有所混合。在微观尺度上,单一组团的规模需要缩小……"

"你说慢一点……"她皱起眉头听我说,等我说完,又想了一会儿,问道,"你提出这些改动的逻辑是什么?"

我震惊地看着她——我的话没有逻辑吗?然后我意识到她说的是计算逻辑,而不是设计逻辑。我得给她补上五年本科三年硕士的规划课程,再给她复述一遍这两年多以来我们开的所有会,才能说明白这里头的"逻辑"。

现在,我只好咬牙对她说道:"经验。"

她也看向我。这个眼神我特别熟悉,和她看见宝宝在沙发上撒尿的时候一模一样。她正在告诉自己,要容忍面前的傻子,心平气和地解决问题。因为宝宝只有一岁,而我是她自己选的男人。

辛越温和地说:"我明白你们规划过很多城市。我记得你跟我说过你对规划行业未来的信心,你说不管人工智能发展到哪里,城市的规划都需要人来完成,因为城市本身过于复杂,有太多利益的纠缠,每一条政策的导向也不是'合理计算'能够预测的——只有生活在真实社会中的人,才能理解和解决城市问题。

我完全认同你的观点。但你们的经验都是在地球上的，太空中的建设是另一回事。我们面对的是一块完全空白的场地，技术本身的挑战是以前任何项目都无法相提并论的，这不是在图纸上凭经验就能完成的工作，我们需要人工智能的帮助。"

"但你们计算出来的方案总是非常……"我忍了忍，还是不小心吐槽，"奇特。"

"这就是为什么我们得一起来训练人工智能，不管是你说的空间布局，水循环，还是预留出一个音乐厅，都是你们的专业领域。你把思路和方法我讲清楚，我再把这些内容转化为算法，让人工智能计算出正确的模型。你的帮助是很重要的，"她顿了顿，"不然我还得自己用两年时间去学。"

"八年。"我说，"城市规划专业至少要学八年，实践经验在这个领域非常重要，我觉得单凭计算很难解决问题。"

她睁大了眼睛——深呼吸，现在把宝宝从沙发上抱走，然后把她尿湿的椅垫拆下来："嗯，加上你们的实践经验，我还要学更久。所以你希望我们来配合你？"

"我们是联合团队，但我认为应该以规划为核心。"

辛越稍稍提高了声调："那你希望我们扮演什么角色？是帮助你们做前期分析，还是在你们明确方案之后建模？"

这两者都是我以前跟她提起过的工作内容。她的嘴唇已经危险地抿成一条线，然而工作场所不是可以展示"求生欲"的地方。

"对。"我挺直背脊，坚定地吐出这个字。

辛越把两只手环抱在胸前："杨铭，我觉得你还没搞清楚状况。如果你们能够解决问题，就不用我大老远飞到这里来了。月球造船厂的设计方案是基于我的博士研究成果，这也是目前规模最大效率最高的太空设施。你不可能用工业革命时期的规划理念和技术方法，在地外行星上建造出一座可以生活的城市。我不会允许你在我的模型成果上，用你所谓的'经验'，修改任何一条管线的走向，因为那是不科学的。我需要你拿出一点态度，更积极地配合我的工作。"

她放轻了语气，伸手在我的耳朵上捏了一把："因为这才是未来的方向。"

七

"和老妈一起工作的感觉是不是很棒啊！"辛怡问。

天色已暗，房间里又多了几个满满当当的纸箱。辛怡打开灯，盘腿坐在箱子上面，身边放着宽胶带和剪刀——看起来马上就要完工了。

一起工作？那段时间我和辛越居然没有离婚，就足以证明我们之间确实是真爱。但我嘴上只回答女儿说："嗯。"

"我刚去火星那会儿，就经常跟我的朋友说，这座城市是你们俩的作品呢！"

我纠正她："话不能这么说，我们只是团队里的工作人员……"

"但最后的模型定稿是你们一起完成的呀。"辛怡说，"老妈跟我说过好几次。"

可能回忆总会美化一切过往。我这会儿闭上眼睛去想辛越，竟然是吵完架她脸红扑扑的样子，很可爱。我记得有一天我们一起校正模型，不小心吵了一通宵，嗓子都哑了，辛越忽然问我："要不要去看日出？"

——这才是她！我毫不犹豫地点头，然后去借了辆车，一路开到湖边。天际的颜色已经渐渐明亮，辛越急慌慌跳下车，拎起裙角就往芦苇丛里扎，活似一只看见鱼的灰鹤。我忙熄了火追上她。拨开最后一丛芦苇那一刹那，恰恰看到一轮红日破空而出。长云横在灰蓝的天上，被东升的红日染成了温柔的橙红，又倒映在水中，变成一幅印象派的油画。真实与虚幻上下交错。我屏住呼吸，握住辛越冰冷的手——这一刻的存在，一定是有宿命吧？

我们都没有说话，只听着彼此的呼吸和远远近近的鸟鸣。它们喧嚣鼓舞，赞叹着自然的光辉。一直等回到温暖的车里，我才轻轻吐出胸口提着的气息。辛越转头对上我的目光，于是我们无声和解，决定彼此信任。

"老爸我跟你说，我人生最早的记忆，就是在冷湖。"辛怡在一旁手舞足蹈地比画着，"奶奶带我坐飞机去的，然后早上你抱着我去看日出。"

我说："不可能吧……那会儿你才一岁。"

她笑道："别人大概不行，可我的研究方向是记忆数据化。我的第一项研究，就是读取自己的幼年记忆。当时我看到那个画面就在想——大概我注定要成为火星人吧。"

这让我很感兴趣："你还记得什么？"

"不是我'记得'，是我的大脑里还有一些陈述性记忆的残留画面……"

我一听她这些专业名词，就会觉得头疼："杨辛怡，说简单点。"

"就是我可以解读出幼时让我印象深刻的记忆。"她说，"尽管我自己根本想不起来，但那个画面是存在的，因为看到那个画面引发的情绪，还在我的神经元里储存着。当然，不重要的那些早就不存在了。"顿了顿，又说，"后来我开始工作，才发现每个人都会有一些记忆，被我们如同珍宝一般藏在大脑无边的数据海洋里——对你来说，就是冷湖和老妈在一起的日子。"

——她怎么知道的？

我正要问，却见她眉梢悲伤地耷拉着。这个孩子在火星长大，几乎没有真实世界的朋友，所以总是比同龄人更情绪化。我倒是一点都不意外她会选择这个专业，因为那时候火星没有学校，她只能通过浸入式记忆读书，最大的爱好就是在火星的记忆数据库里体验不同的人生。

她忽然又抬起头："但是为什么你们会分开？"

我说出那个重复了无数次的理由："我还要照顾你的爷爷奶奶。"

她还是不满足于我的答案："你起码可以去看看我们的！"

你们也可以回来——我几乎就要把这句话说出口。然而我只是同她说了真实的原因："因为我做不到。"

八

林主任悄悄把我叫去指挥部办公室的时候，我还以为是项目出了什么问题，结果他让我去看他的电脑屏幕，上面是一份已批准的申请表——辛越要参加飞行模拟训练课。

这当然不是指开飞机，而是宇航员训练。距离新城方案定稿已经五年，火星新城一期建设也已接近尾声，领导亲自拍板，定了"新京城"这个名字，移民招募计划也同时向公众发布。

"这事我不能瞒着你。"林主任拍了拍我的肩膀，"她可是在优先名单上的，上面想让她去火星负责二期施工。"

我对他说："多谢。"

辛越要参加的飞行模拟训练并不是申请火星移民的第一步。第一步是前庭训练和超重适应性训练，保证我们不会在航天飞机起飞的途中被自己的呕吐物噎死。之前老板安排我去尝试过，第一堂课就被淘汰了。当时教官对我说："没事，好多人都做不到。"我也没太在意，去火星可不是出差，很有可能就意味着抛弃地球上的一切：亲人、爱人、朋友、财产、地位。我既不想抛妻弃子，也不想生离死别。

我早该猜到辛越会去。

然而这又太不可思议了，她三天前还在跟我商量要不要在宝宝上小学之前给她报个奥数班，因为她同事家的孩子都去了。我对此完全不能理解："辛博士，你有送她去的功夫，自己教不行吗？"

"不行，"她说，"万一教不会，我会觉得我的孩子是傻子。"

可能我真的是傻子。从林主任的办公室出来，我给在北京的辛越打了个电话。

"我们单位今天报名，申请火星移民的名额。"我说。

"你们终于开始报名啦！"她的声音听起来很兴奋，"我之前一直没法跟你说，我们领导非要求保密——我早就报了。"

我的心脏漏跳了一拍："真的？你要去？"

她说："当然了！我都带着杨辛怡参加好几次训练了。"

"你还要带宝宝？"

"火星上的未来城，我当然要带宝宝去！"她十分得意，"我费了好大力气才给她弄到名额，读书的事情也问清楚了，他们现在有一个新技术，叫浸入式记忆……"

"如果我……"我很艰难地开口，"去不了火星怎么办？"

她愣了一下，本能地回答道："杨辛怡都能去。"

我说："我就是问如果。"

她过了好久才开口："明天宝宝第一天上奥数班，我得去帮她预习功课了。"

放下电话，我的手在发抖。顾左右而言他，这是我能想到的最糟糕的回答。辛越根本就不想面对这件事，她计划的未来里，并不包括为我留在地球上这个选项。然而第二天当我打开房门，看到站在那里的辛越时，我想，我还是低估了她。

"有个地方我想带你去看看。"我在她开口之前说道。

不管怎么样，我得试一试。

她很干脆地说："走。"

于是我们开车去了冷湖镇。我之前来过这里，但当我再次走进这座废弃的石油城市时，心中还是颇为凄凉。我问辛越："你了解冷湖的历史吗？"

见她没开口，我便继续说道："这里曾经是中国第四大油田，十几万人为了开发石油，移居到这里。它也曾经承载着人们的梦想，是未来的方向。"

在这样广阔而贫瘠的荒漠之中，建造出一座城市，需要何等的决心？在这样的地方生存下去，又会是何等的艰辛？然而用再多人的青春和热血，为之奋斗终生，它最终也不过化为残垣断壁，尘归尘，土归土。

"你想说什么？"

"我们生命的意义不止是未来，也是当下，是你与我，在此时此地。"我对她说，"对我来说，工作就是工作，我认真工作，对我的工作负责，但它并不是我生命的全部。你和宝宝才是。未来可能会变，或许有一天，新京城也会像冷湖镇一样变成废墟。"

我并不擅长于说这样的话，这几句几乎就掏空了我的全部，却不足以动摇她。

辛越说："就算这座石油城市现在失去了意义，但你不能否认，它曾经有意义。它存在了几十年，凝聚了一代人的努力，这些人的生命是有意义的。未来的方向可能会变，但在走到下一个道标之前，我们无法看到更远。所以就算是失败，触手可及的未来都是最重要的。"

我们继续往前走，最后停在了公墓边上，四百多个高高低低的坟包，一座高耸的纪念碑立在那里，上面写着"为发展柴达木石油工业而光荣牺牲的同志永垂不朽"。

我问她："可我们真的要为它付出一辈子吗？"

她看着那座被风沙打磨得无比粗糙的石碑："我今天到了这里，才开始理解，为什么会在柴达木出现异常光波辐射，那条量子信息通道连通了我们脚下的火星小镇和火星上的新京城，这正是冷湖精神跨越时空的延续。这条通道在为我们指路——它指向火星，我们的未来。"

"但那里太危险了，也太艰苦了。留在地球，我们可以有更好的生活——"我说，"就算不说安全风险，不说物质条件。我们在这里有朋友，有亲人，可以旅行，去周游世界。而到了那儿，我们可能会被困在二十平方米的蜂巢里……"

她叹了口气，看起来疲惫又失望："你还是不明白——你从一开始就不懂，你从来没有真正认同过火星新城的意义。你只是找到一个理念，拿去说服别人，完成你的工作……"

"不是这样的。"我也很失望，但我不想告诉她真的原因：我愿意去火星，但我去不了。我不希望她和辛怡去那么遥远又危险的地方，我希望自己在另一颗星球上，无法保护她们。

辛越说："我知道比起我，你和现实绑得更紧，但束缚是可以解开的，问题是可以想办法来解决的。我提交申请表的时候，也一直在想宝宝怎么办，但现在我能带她走。杨铭，你不是孩子，

我不能替你做决定，我只能告诉你我的想法。"她看向我，"我并不在乎自己的生活有多奢侈，或者多安稳。我在乎的是我做了什么，我是否创造了有价值的未来，我有没有为自己的理想倾尽全力。"

她顿了顿："我会等你，但我不会为你停下。"

看来是我多虑了，我并没有折断她的翅膀。她不曾为我改变，也不会因我改变。她始终是她，我只是她迷路时搭的一辆便车。

九

"所以你就放弃了？"辛怡问我。

天彻底黑了。辛怡连书柜都拆了，把它变成一堆木板，整整齐齐叠放在角落。屋子里空空荡荡，我从未对自己的家如此陌生。辛怡蹲在沙发边上，看起来疲惫至极。

我苦笑了一下，对女儿说："我还能怎么办？我不可能强迫她，也不会去哀求她。我也是个骄傲的人。"

辛怡说："那这次你去火星，想不想见老妈？"

我愣了一下，这话里似乎有什么不对。我疑惑地看向辛怡，对她说道："我没法去火星啊……"

她闻言露出懊恼的神气，又立刻扯开嘴角，笑道："现在的航天飞机都有反重力舱，感觉就跟坐普通的飞机一样。"

"不是这件事——"我很努力地思考着，"搬家是怎么回事？

我什么时候答应你要搬到火星去的？"

辛怡哀号："老爸，你别这会儿出尔反尔啊！我收拾得腰酸背痛——我容易嘛！"

"你够了！"我沉下脸，"到底是怎么回事，你说清楚！"

那屋子忽然消失了，世界陷入彻底的漆黑。我听到一群人忙乱的声音："心跳没有了，除颤器！"

"医生，医生——"这是辛怡的声音，带着哭腔，"让我再问他一个问题……"

黑又忽然变成彻底的白。无边无际的白，分不出哪里是地，哪里是墙，哪里是天花板。我坐在中央，辛怡在我对面："嘿，老爸。"

"怎么回事？"我问她，"这是哪？"

"你在医院。"她说，"这是你的意识空间。"

"意识？"

"你病得很重。我正在把你的记忆转移到火星记忆库里。"她说，"抱歉，我不是故意骗你，一般来说，用搬家这个场景比较容易让人接受——如果你知道真相而情绪激动，可能会加速病情的恶化……"

我听明白了："我快死了。"

"只要有人记得你，你就不会死。"她说。

"所以我们在这里做什么？"我问她，"你应该已经'搬'完了吧？"

"记忆是生物电信号，每一个人的数据组合方式都不同，所以每一个人记忆数据的解读方式也各不相同。"辛怡说，"我需要你自己来告诉我，对你而言最重要的记忆是什么，因为它们牵扯出最激烈、最深刻、也最真实的情绪。通过这份记忆，我就可以建立出解读'你的记忆'的基准算法，然后破解你脑海中留存的所有记忆数据。"

这听上去很有道理。我很欣慰。我的女儿在火星长大，她没有上过学，可她依然是个天才。

但我有些疲惫，没有再夸她，只说："我明白了。"

辛怡说："我一直以为你们分开了，你会告诉我另一个故事。但没想到是这一段——为什么，为什么它是最重要的，老爸？"

我愈发困倦。但我还是想告诉她一些话，所以我开口了：

"人生是一条很长的路，但值得记住的日子并不多。影响我们前行方向的瞬间，只有很少的几个。

"对我来说，最重要的就是那一天。我孤独地开着车，走在荒芜的沙漠之中，而这时你妈妈站在路边，对我伸出手，我选择停下。这一刻改变了我的一生。我永远都不会忘记。"

辛怡红着眼圈，但笑得温暖："我知道了，老爸。"她探身向前，握住我的手，"现在睡吧，谢谢你。"

当她不再咋咋呼呼的时候，声音很像她妈妈。我闭上眼睛，看到另一扇门打开，辛越站在那里：

杨铭，欢迎回家。

· 思想实验室

1. 顾适的小说经常在结尾处揭开谜底，既在读者意料之外，又在情理之中。小说《搬家》到最后我们才知道，原来整个故事中"我"讲故事的过程实际上是女儿在病榻前转移"我"的记忆。了解这层含义后，请你从操作方式和最终目的等角度思考，文中的"记忆转移"和我们通常所说的"搬家"有哪些相似之处？

2. 作者顾适在一次采访中谈到自己对"女性科幻作家"这一标签态度的转变，请你阅读这段采访片段，说一说作者在《搬家》中塑造了一个怎样的女性形象。

有一段时间，我确实不喜欢强调自己是"女性科幻作家"，毕竟我们几乎不会介绍一个人是"男性科幻作家"，也不会因为一部科幻小说以优秀或邪恶的男性为主角，就认为它体现出"鲜明的男性主义特征"，然后将其归类为"男性作品"。我不太能理解这种划分方式，作者就是作者，并不存在男女之分。作者应该藏在作品后面，读者只需要记住作品，而非作者是谁、长什么样子、有什么样的经历。过度宣扬自己的身份，是没有必要的。

但科幻写作非常有意思的一点是，我们有很多机会与国际交流。这几年，我的一些作品也被翻译成英文，我的朋友 Crystal Huff 在看了《莫比乌斯时空》之后问我："为什么这篇小说里几乎没有女性？"我这才意识到，在我的许多作品里，女性也只是工具性角色——或许是因为我当时也本能地认为，表达科幻的视角，应当是"男性的"。

所以这两年，我开始努力去描写我看到的、我认识的、我理想中的女性形象，她们可以是精英科学家，也可以是邪恶的坏蛋，她们可以勇敢，也可以懦弱。她们不一定需要用母亲、妻子和女儿的身份来定义自己，她们就是她们，是可以改变现在、创造未来的人。

——顾适

3.请你了解冷湖的相关知识（与火星的相似之处等），拓展阅读王诺诺《冷湖之夜》、江波《冷湖凝光》、赵海虹《央金》和《姑娘，请摘下你的美瞳》等作品，以"冷湖"为故事背景，构思一篇属于自己的"冷湖故事"。

宇宙尽头的书店

江波

　　如何面对书籍，或者说如何面对文明，一直是科幻作家们关心的话题。例如，科幻文学史上有一部关于"书"的经典作品，是雷·布莱伯利的《华氏451度》。故事发生在一个压制思想自由的未来世界里，那里不允许书的存在。一旦发现书籍，便会派消防员烧毁。是的，那个世界里消防员的工作并非灭火，而是焚书。华氏451度，就是纸张的燃点。小说的主人公是一个工作了十年的消防员，一次偶然让他开始对焚书的行为产生怀疑，逐渐结识更多热爱书籍、渴望留住书籍的人，并开始抵抗焚书的政策。而他们抵抗的办法，就是每个人，用自己的大脑记住一本书的全部内容。这样，即便世上的书籍被烧尽，也有心中的"书"存活于世。人们之所以需要书籍，是因为它们记录了我们走过的路，也引领我们去向远方。关于如何面对文明，作家们提出了更多需要思考的问题——如果有一天，世上的所有知识都可以通过一种神奇的技术瞬间复刻进你的脑袋，不再需要你辛苦地阅读、记忆、理解，那么你是否还会光顾书店？书，是否还有存在的必要？探寻这些问题答案已经成为科幻作家们的人文使命。

　　在小说《宇宙尽头的书店》中，神奇的刻印技术真的出现了。每个人根据父母的要求会获得不同的头脑刻印，书店成了一个没有任何实际作用的地方。于是，当太阳进入最后的爆发期，全体人类都将移民至第二地球的时候，人类的最后一家书店被"放逐"到宇宙之中。而它的守护者"娥皇"也和书店一起开始了流浪。行进过程中，娥皇遇见了许多星球，她不断用他们的文明充实着自己的书店。然而有一天，一个好战的星球出现了，书店面临着被毁的危险。面对危机，娥皇会如何应对？抛弃了书店的人类又会迎来怎样的命运？自此，一段关于文明的故事，正在徐徐展开。

在科幻小说中，角色的名字往往藏着作者对该人物形象的理解。在《宇宙尽头的书店》中，"图灵"和"娥皇"分别代表着人类最先进的科技水平与最坚韧的人文追求。图灵的名字来自英国著名的数学家、计算机逻辑的奠基者、人工智能之父阿兰·麦席森·图灵。在小说中，图灵是书店的建设者、世界的规划师、人类最仁慈的导师、最聪明的机器人，当他想问题的时候"分布在火星同步轨道上的两百三十五个头脑正在同步思考"，当人类面临危机的时候是他建造了星船带人类远航。"娥皇"的名字则来自中国古代神话传说。相传，娥皇是帝尧的女儿，与妹妹女英一起嫁与帝舜为妻，协助舜为百姓谋福祉。在舜去世后，娥皇、女英"以泪挥竹，竹尽斑"。可见，娥皇是一个有情有义的神话形象，小说以此来命名书店的守护者，给故事增添了一抹悲情的浪漫色彩。

值得一提的是，这是一篇兼备宏大想象和浪漫主义的小说。小说的浪漫不光来自优美的语言，更来自娥皇那坚韧又孤独的追求。初唐诗人陈子昂有诗云："前不见古人，后不见来者。念天地之悠悠，独怆然而涕下。"娥皇要面临的孤独不亚于此，在浩渺宇宙中，陪伴她的只有对书的热爱，"直到星星的光都灭了"。幸运的是，这份坚守没有白费，书店最终实现了它最重要的价值：让人类重新掌握学习的能力，人们重新认识到"书"的意义。

·正文

一

书店里来了客人。

客人在日暮时分到来，那正是书店要关门的时刻。只要有一个人还在看书，书店就会开着，这是书店的原则。娥皇停下了正在关灯的动作，转而把所有的灯都打开。

洁白的灯光洒下来，空旷的阅览大厅里亮如白昼。

客人却皱起了眉头，"我不喜欢这样刺眼的光线，我要落日的余晖照进来，照在桌上。"

每一个来看书的人都可以提出要求，只要能做到，就尽量做到。这也是书店的原则。娥皇挥了挥手，灯光转作暗淡，所有的窗户一齐打开。窗外，红彤彤的太阳就浮在水面上，映出无比灿烂的粼粼波光。夕阳的光照进来，一切都被染上了一层金色，看上去就让人感到温暖。

客人沿着书架行走，伸手触摸着一本本书的脊梁，就像在抚摸最珍爱的一个个孩子。

他在书架的最深处站定。

"娥皇，可以谈谈吗？"客人开口说话。

娥皇立即明白了来者是谁。

书店的建设者，世界的规划师，人类最仁慈的导师，最聪明的机器人，图灵五世。他使用了一个拟人的躯体，看上去就像一个颇有教养的中年男人。

"我不想放弃书店。"娥皇直截了当地说。

图灵五世点了点头，"我尊重你的想法，只是没有人再读书了，世界和过去不同，人类不需要读书也能得到知识。"

"还有人会来，这书店是为来的人开的。"

"近五百年，只有两个人来这书店读书。"

"没错。虽然少了点，他们还是来了。"

"今后的一千年，也许一个人也不会再来。"

"总会有人来的。"娥皇淡淡地说，不卑不亢，仿佛那是一件再自然不过的事。

图灵五世的眼睛变换着颜色。隔着书架，他望着天边血红的太阳，一串串细小的字符在他的眼中盘旋，然后消失。

"时间不多了，娥皇。"图灵五世显得彬彬有礼，"太阳正进入最后的爆发期，最多两千年，它就会抛出外围所有的氢气云层，烧掉一切。书店无法维持下去。"

"如果我要求你维持它呢？"

"那是一件代价高昂的事，得先看看我们要付出多大的代价，是否值得。"

"从图灵一世开始，每一代图灵都许诺尊重每一个人类的愿望。"

"没错。"

"那就实现我的这个愿望，让书店一直保留下去。"

图灵五世眨了眨眼。

他分布在整个火星同步轨道上的两百三十五个头脑正在同步思考。

让他想想吧！娥皇的目光转向窗外。

夕阳的光一直都在，图灵五世让书店和火星的自转同步，正好追逐着太阳的脚步。红彤彤的太阳就像被无形的手钉在窗外，一动不动。

这久违的夕阳！娥皇突然意识到，自己已经很久没有再看过窗外的景物。很久很久，这窗户从来就没有开过。

图灵五世并没有想太久，他开始说话，"太阳系已经不适合人类生存，跨越十五个光年，第二地球还正在稳定期，最合适的方案是把所有人类都转移到第二地球。当然，不排除有人希望建立自己的舰队文明。大多数人都已经走了，剩下的六千四百五十人必须一起走，我只有力量建造最后一艘星船。星船上没有地方安放你的书店。"

"我可以等你。"娥皇轻轻地说。

图灵五世一怔，"我只能建造最后一艘星船。"

"我会等你造出星船，把整个书店都放上去。"娥皇不紧不慢，"这就是我的愿望。"

"六十亿本书，三百万吨的质量。算上辅助设备，是六百万吨。"图灵五世眨着眼睛，"这不值得。"

"我会等你。"娥皇并不争辩。

对一代代图灵来说，满足人类的需要是它们的天职，除非个人的需要和人类的群体需要发生矛盾。

娥皇很有信心没有其他人会反对她的要求，他们早已经忘了还有书店这种东西。而人类已经放弃了太阳系，所有的资源都可以用来建造星船。只要时间足够，图灵五世就能造出星船来。

只要太阳能够给他足够的时间。

二

地球二号很漂亮，大海，白云，火红的大地。第一眼看上去像是地球，第二眼却会让人觉得有些不同。

两万年前，最初的人类来到这里，这星球还是一片荒芜，只有最简单的细菌。人类带来绿色植物，然而却被当地菌落感染，不再是绿色，而变成了红色。幸而光合作用仍旧正常，地球二号最后变成了一个适宜人类的红色世界。

"方舟号"静静地趴在地球二号的轨道上。它已经在这里绕行了二十五年。

最初的时候，有很多访客来，慢慢地访客变得稀少，现在一年到头，也不见一个访客。

娥皇并不着急。该来的人，总是会来的。

这一天，当太阳的光辉从地球二号的弧线上缓缓消失，一个老人踏进了书店的门。

他在红橡木的扶手椅里坐下，目光在一排排书架间扫来扫去。他只是看着，却不曾站起身来走到书架前去，也没有拿一本书。

娥皇由着他。书店里的人按他的想法做事，只要安静，不打扰别人。

"据说所有这些，都是从那儿带过来的。是这样吗？"老人终于开口说话。

他口中的那儿，是太阳系。

"是的。"娥皇轻声回答。从太阳系到第二地球，其间经历了无数的艰难，她并不想多谈。

然而老人还是问了。

"12 光年的距离，星船走了多久？"

"600 年吧。"

"这是一艘伟大的星船，太阳系最后的星船。"老人赞叹，"据说你为了等它，差点被太阳风暴吞没。"

"建造星船需要时间，我们等到了最后一刻。所有的装配都在冥王星外轨道进行，太阳风暴虽然猛烈，但到了冥王星轨道已经减弱了，所以并没有那么惊险。"娥皇微微一笑。

"就为了这些书吗？"

"是的。"

老人又四下看了看，连绵不断的书架挤满了所有的空间。

"这倒是适合做一个博物馆。没有人需要书，人们都通过快速刻印来获得知识和能力。"

"总会有人需要它们的。"娥皇回答。

老人犹豫了一下，"轨道的这个位置，代表大会决定建设一个天电站。轨道空间有限，只有请你挪一挪了。"

"挪到哪里？"

"地球上。"

"哦？"娥皇看了看窗外的地球二号，有一丝惊诧，"降落在行星表面，再要升上来可就难了。我的书店一直都在太空里。"

"为什么还要升起来呢，在地球上不是挺好的吗？那正是一个书店应该归属的地方。"老人劝导她。

"那不够好。"娥皇飞快地回答，"我要长久地保存这些书，在一颗行星上可不行。"

"你要保存它们多久？"

娥皇微微一愣，她从未想过这个问题。

"我要一直保存它。"这不是一个确切的答案，此刻她能想到的也就是这些。

"那是多久呢？"老人追问。

娥皇抬头，漫天星斗缀满天穹，她心念一动。

"直到星星的光都灭了。"娥皇轻声回答。

老人对这个答案似乎早有预期。他站起身来，向着娥皇点了点头，"既然这样，为什么不到星星间去呢？你的星船已经很棒了，我可以改进它，装上最好的引擎和导航设备，还有自动纳米机维护设备，只需要氢气云和宇宙尘埃，飞船就可以维持下去，你的书店也可以维持下去。"他顿了顿,"直到星星的光都灭了。"

"这算是最后通牒吗?"

"不,只是一个建议。没人需要这个书店,我们需要轨道空间。方法有很多,这只是一个建议。"

娥皇望着这个老人。他的皮肤和地球二号上的森林一样鲜红,和地球上曾经的人们相比,地球二号的人类早已变化了模样。是的,他们通过记忆刻印来得到知识和能力,书店只是一种无用之物。他们可不是图灵,从来没有什么承诺。

对他们来说,放逐是一种仁慈的施予。

那就到星星中去吧!

"我同意,"她回答老人,"但是有一个条件。"

"请说。"

"我刚到这儿的时候,就要求得到所有的书,你们没有送来,因为根本没有书。现在我可以离开,但是你们必须把所有的知识写在书上送到我这儿。"

"这有些让人有些为难,谁也不能保证所有的知识都可以写下来。"

"只要尽力写下来。一旦你们认为已经完成,我就可以离开。这也让你有时间来装备我的星船。"

老人略微沉思,随即抬头,"好。明天就会有第一批书送来。"

娥皇笑了笑,"作为对等的交换,如果有一天你们需要书店,我的书店随时开放。"

三

又一个蓝色星球出现在星舰前方。

"我没有任何侵略的意图。我只是一个过路者，一个书店。"娥皇一边广播，一边向着星球靠近。

向星球靠拢的不是一艘星船，而是一支舰队。大大小小二百多艘量船，每一艘都是一个书店，它没有武装，却比银河间绝大多数的武装舰队更庞大。

娥皇用了六种广泛传播的语言广播。

在距离星球六个光秒的距离上，舰队停止前进。这个距离能够有效地观察星球，同时能避开一些莽撞的文明发射的原始武器。

广播持续了 30 个小时，没有收到任何回应。星球也没有显示出一点无线电迹象。

如果这个星球有文明，那么它还没能掌握无线电技术。但是它们可能会有书，在至少两个低于无线电文明的星球上，她找到了书，并保存起来。

娥皇让最小的星船驶向星球轨道，在卫星轨道上寻找地面的文明痕迹。

方形，圆形……任何规则几何图形，星船用尽一切努力。没有任何大于 30 平方米的事物看上去具有建造物特征。

这是一个原始星球，虽然有了生命，却还没有文明。

娥皇准备离开。

一个小小的漂浮物却引起了她的注意。

那东西不大，不超过 20 米长。如果不是因为它恰好移动到了探测星船的下方，它根本不会被发现。

一个不断旋转的金属球，几乎是标准的球形，表面光滑，刻有纹饰。

这不可能是天体！

娥皇试图用各种频谱和它交流，然而一无所获。

切开它。突如其来的念头落入娥皇的思绪中。

星船上没有激光切割机。然而在所有的书库中，有两千种以上各种类型的激光制造方法。娥皇找到一个中等功率的激光器，启动纳米机器开始制造。

三天后，一个激光炮台被挪到了轨道上。

当高能量的光束击中金属球，金属球发出一声尖利的呼啸。那是无线频段中的一个尖峰，呼啸而过，涌向远方。

它被激活了！娥皇让激光器停下。

金属球的周围似乎笼罩了一层浅浅的光场，它在四周投射出各种逼真的影像。一种六足双手的智慧生物，它们有两性，它们有文字，它们建造出各种各样的器物，建设了巨型的基地，大型的火箭，还有天空站；它们在地面上建造了一个又一个超级建筑，足足有 60 公里长，30 公里宽。然后它们消失了在超级建筑中；超级建筑被森林缓缓地覆盖。

它在播出星球的文明简史。

金属球发出电波。那是一种语言，娥皇从未接触过。她用了

15 天的时间，结合影像中的文字，终于能够破译它。

"曾经的辉煌璀璨归于虚无。生命不过是原始欲望驱动的傀儡，自我只是躯壳的幻觉。来人，无论你是后来者，还是外星人，只是想让你知道，生命的奥义，宇宙的终极，我们已经洞悉，然后归于无。时光将一切埋葬，除了这段消息和守墓者。问它吧，它可以回答一切。"

守墓者就是这个金属球。它是一个智能机器。

这是一个自我消亡的文明，只是他们还留下了一个纪念物。

"你的主人离开了多久？"娥皇问。

"星球转动了七千万个轮回。"金属球回答。

七千万的轮回。这个星球的自转需要六十个小时，那是将近四百万年的时间。四百万年，沧海桑田，星球的表面早已无法辨认文明的痕迹，只有几个小小的高地，看上去依稀是超级建筑的残余。

"他们为什么离开？"

"星星总会熄灭，宇宙归于寂灭。长和短，快和慢。离去并非痛苦，文明无须挣扎。"

"你们有书吗？"

"意义不明。"

"有什么知识可以让我学习吗？"

"所求所得，都无一物。"

娥皇思考着。她对这样的一个星球完全失去了好奇心，在这里既不能得到也不会失去任何东西。就算他们把这个金属球放在轨道上，也并不在意后来的人究竟是否会发现它。

和它交谈并没有太多的益处。

"能看一看那些建筑里边吗？我想看看你的主人最后到底是怎样的。"娥皇提问。

一个影像出现在球体前方。

创造了球体的生物趴在一张巨大的椅子上，它的躯体上似乎长满了霉菌。海绵状的东西从他硕大的脑袋上长出，向四周蔓延，与其他生物头顶长出的同样东西连接在一起。它们就像一条蔓藤上牵连的一个个果实。

这该是最后的图景，它们都死了，腐烂了。它们找到了某种方式，将自己的头脑全部连接在一起，那该是一个完美的极乐世界。所有的人都在完美世界中满意地死去。

娥皇不再多问。

"跟我走吧，我可以带着你游遍银河。我的船可以创造虫洞穿梭，游历不会耗费太久。"

"碰触我的，都将被惩罚。"金属球回答。

娥皇没有回应，而是默默地启动了捕捉程序。

星船启动，虫洞从无到有，缓缓地浮现出来。

"娥皇，我们要去哪里？"椭圆问。

"我不知道，我们要去收集书本，保存它们。"

娥皇看着椭圆。她毁掉了金属球，研究它的结构，按照它的模式建造了椭圆。椭圆并不是金属球的精确仿制品，而要小得多，只有一米的直径。

　　娥皇不知道为什么会一个冲动把金属球毁掉，也许是因为她太想带走它了。建造椭圆的时候，她仍旧为自己的鲁莽感到深深的内疚和悔意。

　　小半的银河，两万光年的旅程，她孤身一人。

　　接下来的旅途，至少有一个伴。

　　他们毫无相似之处，却有一个共同点——他们都是文明的弃儿。

　　"那要多久？"椭圆问。

　　很久之前的答案浮上娥皇的脑际。

　　"直到星星的光都灭了。"她这样回答。

四

　　"你的舰队令人生畏。"浅灰色的纸片人摇动着它扁平的脑袋。纸片人有一个扁而圆的身躯，五对触手均匀地分布在身子四周，身子下部是同样数量的脚，让它稳稳地立着。它的脑袋同样是柔软而扁平的，就像一条长着眼睛的舌头。它看上去就像一个披上了衣服的柔弱水生物。然而它们却很强大。

　　在娥皇所遭遇的文明中，它们是最强大的一个。数以万计的战舰密密麻麻排布开，形成一个直径两千公里的球形阵列，可以媲美一颗小小的星球。

　　强大的文明总是在寻找对手。毁灭和征服，这是纸片人永恒的主题，几次接触之后，娥皇明白了它们的兴趣所在。

书店舰队也是一个庞然巨物，超过两百艘星船，最小的星船也有两千万吨。每一艘星船，都是一个巨大的书店，存储着她从数以百计的文明星球上收集的各种书。然而和纸片人舰队相比，就差得太远。

被纸片人称赞并不是什么好事，强大的武力随时可能将书店碾压得粉碎。

"我们只是一个书店，没有武装。"娥皇对着屏幕上的纸片人说。

"我们的情报已经显示了这点。"纸片人有备而来，"这样战斗就失去了意义。所以，我们决定给你提供一个方案。"

"什么方案？"娥皇预感那不会是什么好的提议，她仍旧愿意听一听。

"我们会打开一个白矮星级虫洞，随机跳向银河的任何位置，如果我们在那儿发现了有意思的目标，我们会开战，如果没有，我们会通过虫洞回来。一旦我们回到这里，你就要准备好战争，我们不会留情的。你有时间做好一切准备。"纸片人边说边点头，兴致勃勃，"你的船队令人很感兴趣，无论是空间跳跃能力还是防护能力都是一流的，但只是没有武装而已。如果我们回归，你已经跑了，也没有关系，我们会追上你，毁灭你。如果你不想这样的事发生，那就想办法抵抗。"

一个白矮星级的虫洞，来回的穿越意味着超过两百年的时间。趁机逃跑吗？它们会追上来。真的要打仗吗？那绝不是一个书店该干的事。

"我们不打仗。"娥皇坚定地说。

纸片人显得有些不悦，"我们已经给了你机会，如果你放弃保全自己的机会，那么我们还是会毁灭你。你要考虑好了！"

纸片人的通信结束。

"娥皇，我们可以和他们战斗。我观察了它们的舰队，它们的武器并不先进，我可以用奇点陷阱来限制它们，然后只要六百个引力发生器，就可以让它们统统完蛋。"椭圆报告。

"椭圆，你打过仗吗？"娥皇并不理会椭圆的方案。

"没有。但是我读遍了所有的书，有很多打仗的方法，从星球表面到太空，我有超过 50 种方法可以消灭这些战争狂。战争的目的就是制止战争，正义一方从来都是这么说的。如果它们真的蠢到去虫洞兜一圈然后回来，我可以直接把它们封堵在虫洞里，就像这个宇宙中从来没有这伙人存在。"椭圆有些激动，说个不停。

"战争是毁灭，我们的目的不是毁灭。"

"但是我们也要保护自己。"

娥皇淡淡一笑，"相信智慧吧，如果它们真的想要毁灭一切，那么它们根本就不会来到星星间。"

"坐以待毙吗？还是逃跑？"椭圆将自己的身体挤成扁平的形状，"我们会毁灭你！"他模拟着纸片人的形态和声音，"我们会追上你，毁灭你。如果不想这样的事发生，就想办法抵抗。"

娥皇不由得笑了起来。

"帮我一个忙。不知道这些纸片人从哪里来，但是它们一定有一个起源，我想曾经在哪里见到过它们，它们一定来自我们已经经历的半个银河。"

"我可以试试，但是你真的不想让我设计最佳战斗方案吗？如果我花时间去找这些奇怪生物的起源，就没有时间进行战争准备了。如果我们让纳米机器工厂全力开工，也至少需要一百年来完成战争准备。"

"我会有办法的。去帮我找起源吧！"

纸片人的舰队正在出发，虫洞从无到有，缓缓打开，就像一个透明的玻璃球从真空里生长出来，球上嵌满了各种颜色的星星，晶莹剔透，漂亮极了。

"需要我发动一次奇点攻势，把它们都锁死在虫洞里吗？"椭圆正向着第三书店出发，一边飞一边问。

"不用。去找到我想要的东西。"娥皇回答。

纸片人的舰队消失不见，天穹下虫洞仍旧发光。

搜检了六千亿的书页后，椭圆报告了结果："我找到了，它们来自两千光年之外的大角九星。你的确到过那儿，就在遇到我之前。"

大角九星。一瞬间，她明白了所有的事由。她在那儿曾经遇到过蛇人，那是一个曙光初露的文明，他们已经能够建造庞大的堡垒，却还没有飞上蓝天。

是的，纸片人就是蛇人，那个时候，它们还背着厚重的壳，生活在潮湿的沼泽地里。

"娥皇，我们还有时间，我可以给它们布置一个陷阱。"

"不用了，我会有办法。"

纸片人回来了。它们兑现了诺言，刚从虫洞跃出，就开始准备进攻。巨大的炮舰充斥着能量的闪光，所有的武器都指向书店。一旦开炮，末日的火焰会将一切都烧得干干净净。

然而，它们立即停了下来。

一块巨大的方碑悬浮在空中。它是全黑的长方体，三条边恰好符合 1:4:9 的比例。

它就在那里，沉默而缓慢地旋转。

庞然的舰队一片肃静。

一艘小船从肃然的舰队中脱离，向着书店而来。

纸片人在长长的书架间穿行，它们脚步沉重，呼吸粗重。在书架的尽头，娥皇安然而坐。一个小小的方碑模型在她身前缓缓旋转。

七个纸片人向着娥皇匍匐下去。

"万能的导师，伟大的先知，饶恕我们的鲁莽和无知。我们穿越上千光年，只为寻找您的踪迹。给我们启示吧，打破黑暗朦胧的先知！"

它们几乎将整个身体都伏在地上，唯恐不够虔诚。

是的，黑石就是它们的圣物。当黑石降临在大角九，源源不断的知识从黑石传递到整个蛇人部族，它们的文明实现了飞跃，而宗教也彻底改变。它们信奉宇宙间永恒的神，黑石就是圣物，是联结神与人的纽带。它被先知带到星球上，完成了启示，而后消失。

黑石再现的时刻，就是再次获得启示的时刻。

纸片人匍匐着，等待着它们的先知开口。

"你们毁灭一切，因为感到快意？"娥皇问。

"我们用尽了全部的办法来寻找先知。长老们最终同意，如果我们毁掉宇宙间的一切智慧，那最终不能被摧毁的，一定是神的意志。这是找到先知最快的方法。"

"你们差一点毁掉了书店。书店正是你们文明的源泉。"

"饶恕我们的无知和罪过！"纸片人的身子匍匐得更低，几乎完全贴在地上。

"我已经做好了打算。你们先站起来。"

纸片人惶恐地站立一旁。

"你们要寻找圣物，圣物就在这里。黑石只是它的象征，它真正的面目，是书店，是这小小的船队。书店对银河间任何文明开放，而你们就是它的卫兵。你们的军团将继续在银河间游弋，然而散布的不是杀戮和毁灭，而是知识和文明。神要让银河间文明昌盛，而你们是他的卫兵。"

纸片人再次匍匐。它们浑身震颤，激动不已。是的，它们就是这样一种生物，认定的事情不会再改变。那些固执的祖先将这个优点凝固在它们的血液中。当它们成为最强大的武装，没有什么比卫兵这个职责更适合它们。

纸片人舰队向着书店靠近。这一次，它们扩展队形，小心翼翼地将书店船队包裹起来。一个柔软的核包裹了一层坚硬的壳。这将是银河间最坚固的堡垒，最神圣的书库。它将巡回银河，启迪文明。

"娥皇，我们该做什么呢？"椭圆问。

"继续旅程，我们只穿过了一半的银河。"娥皇回答。

"但你把书店都留给它们了。"

"我没有留给它们，我把它留给所有的人。而且这儿不是还有最初的书店吗？"

庞然而辉煌的舰队旁，小小的飞船悄然隐没。它的隐身技术如此高超，以至于纸片人惘然不觉。

15个光秒外，娥皇淡然打开了虫洞。

五

辉煌的银河呈现出它的全貌。

漩涡状的旋臂上数以亿计的星星正吐放光华。

银河的尽头，是无尽的黑暗空间。

"我们还能去哪里？这里就是尽头。"椭圆问。

宇宙比预计中要小得多，银河就是全部的世界，那些数百亿光年外遥远的星系，只不过是漫长时间长廊中，光一遍又一遍穿过宇宙尽头形成的幻觉。

三维的封闭时空，一直向前，最后只能回到原点。

十万光年的旅途到了尽头，娥皇忽然感到疲惫，她无法回答椭圆的问题，于是沉默着。

椭圆也不追问。

他们在宇宙尽头的书店里坐着，看着银河在眼前翻转移动。

亮丽的银河，无数的文明。

娥皇站起身，在书店里走动。一排排的书架，仿佛无尽的记忆之墙。

她曾经拥有银河间最大的书店，最丰富的知识库，然而把它留给了纸片人，因为那是属于银河所有文明的。

这一个书店，属于她。

她的缔造者，人工智能之父，王十二把书店交给她，要求她保存。她做到了。然而另一种可能却没有发生。

自从离开了地球二号，她再也没有见过地球人，当然也不会有人来读书。

娥皇停止走动。

"椭圆，我要告诉你一些事。"

"说吧，我在听着。"

"我的父亲告诉我，将来的人们会需要这个书店。他告诉我一直等下去，就会看到结果。但是结果是我什么都没有看到。"

"那你还要继续坚持下去吗？"

"我说过，要等到星星的光都灭了，这些星星生生不息，这一颗熄灭了，那一颗又亮起来。所以我们要等到时间的尽头才行。"

"我倒是不在意等下去。"

"问题是什么时候才会有人来。"娥皇有些不安。

"你创造了银河间最大的书店，早已经有无数的文明读到了书店里的书。"

"不一样，这是为地球人准备的书店。我很忧虑，最后是否会有人来，也许我该回去看看。"娥皇说着重新站上了书店的高处。

"我也很想看看地球，你见过我诞生的地方，我没有见过你诞生的地方。"

娥皇笑了起来，随即又说，"不用了，如果真的有人要看书，他们自己会找上门来。"

"那我们就在这里等着吗？"

"让门一直开着，我们可以睡一觉。"

书店的门扉上，几行字迹悄然显现。

"直到星星的光都灭了，

仍旧在世界的尽头等待，

一个人。

一句话，

永恒的承诺和不败的花。

文明之火

跳跃在时空的深渊之上，

直到星星的光都灭了。"

六

唤醒的声音响得有些刺耳，是一曲雄壮的进行曲。

书店的铃声应当是清脆悦耳的，一定是椭圆把它偷偷换掉了。

娥皇起身，去欢迎客人。

椭圆早已经在那儿，他的对面，是一个人。确定无疑，那是一个地球人，躯干和五官，都符合地球人的特点。他的样子有些像图灵五世，是一个年富力强的中年男人。

他是一个机器人，浑身上下都洋溢着纳米机的味道。

来人正四下张望着，他的脸上神情严肃，没有一丝表情。

娥皇并不作声，只在自己的位置上安静地坐着，随意地看着访客。在书店里，客人可以做任何事，只要不妨碍他人。

沉睡中，时间已经过去600万年，她并不在意时间再多过去一些。该来的人，总归会来。

访客的目光落在娥皇身上。

"我终于找到这里，找到你了。"他说。

"你是谁，为什么找我？"

"我是使命2084号，来自泰坦城，我们的城市源自地球二号，距离地球二号320光年，在一片稀疏星云内。我们之所以来寻访您，是因为所有的人类城市都已经陷入当机状态，太空城失去了活力。地球二号也一样，还有另三个定居星球，所有人类的文明所在，一切都停止了。我是图灵创造的使者团的一员，使者团有60万成员，向银河的各个方向出发，寻找您的下落。我能够找到您，是一种荣幸，可以完成使命。"

使者的话很生硬，仿佛在背诵一段课文。

"你们究竟为什么找我？"娥皇追问。

"我不知道。我只知道，您是解开一切的钥匙。只有找到您，才能让人类文明重现生机。"

娥皇想了想，"我知道了，现在让我想一想这事。"

她开始在书架间走动，一步又一步，直到走到最后一排书架的末端。

这儿挂着一张画，是王十二的画像。画像上，王十二似乎正注视着她，目光中满满的都是笑意，神秘莫测的笑意。

是的，她等到了该来的人，然而却没有现成的答案。

父亲，你究竟想让我怎么做？

"娥皇，这就是你的父亲吗？"耳边传来椭圆的声音。

娥皇扭过头去，椭圆悄无声息地悬浮一旁。它的头顶是一个全息投影，投影中，是一个小小的人影，那人影正向着娥皇点头。椭圆找到了一个远古地球人的形象。没有尽头的时间里，他一定把书架全部翻了一遍。

娥皇心中突然有了计较。

她很快来到了访客的面前。

"你如何获得知识？"

"图灵给我一切。"

"人类如何获得知识？"

"每个人根据父母的要求会获得不同的头脑刻印，机器人会由图灵赋予知识。"

娥皇转向椭圆："你明白了吗？"

椭圆摇头："不明白。"

"你是一个人格完整的人，而他不是。因为你在书店成长，通过阅读得到知识，而他是一个准确的复制品，所有的知识只是被赋予的，并非通过学习获得的。"

娥皇认真地看着椭圆："只有经过学习，才能得到智慧。头脑中只有被赋予的知识只会带来僵化和死亡，人类的城市就是如此。一代又一代，当他们越来越依赖知识刻印，他们也越来越失去活力，如果一直进行下去，人类最后会变成图灵的附属品。图灵不能接受僵化的人类，所以这是一个死局。"

椭圆头顶的小小人形眨了眨眼睛："我好像明白了。"

一旁的使者2084瞪着眼睛："就是这样吗？那么我们该抹除人类的记忆刻印。"

"那只会带去死亡。你们需要一个书店，让人们在其中读书。让孩子学习走路，让他们经历求知的磨砺和痛苦，然后才能抵达智慧的彼岸。"

使者点头："我相信您说的一切。图灵的启示告诉我们，只要找到您，就能解开僵局。现在，请您跟我一道上路，回到人类的文明世界中去吧。"

娥皇摇头："我不会回去了。"

使者惊讶地睁大眼睛："什么？为什么？让书店重回人类的城市，难道这不是您所希望看见的事吗？"

"是的。但是他会帮我实现这个愿望。"娥皇说着把椭圆向前推了推。

椭圆惊叫起来，"我？什么意思？"

"那是不同的世界，椭圆，你还没有经历，那值得你去经历。"

"那你呢？"

"我会留在这里。"

"不行，我不想离开你。"

"你要得到自己的世界，就要放弃母亲的怀抱。我不能永远陪着你。"

椭圆默然。

"如果想我了，还可以再回来。我会等你的。"

使者的飞船火焰熄灭在虫洞后，空间的裂隙蓦然间合上，漆黑的天宇间银河闪亮。

娥皇默默地关上门，在一排排书架间走着。

她相信椭圆会带去关于书店的记忆，能够让人类的文明重新焕发出活力。她也相信终有一天，人类会再次来到这里。

有一件事她向椭圆撒了谎，当他再回到这里，不会再看见她。她不会再等待，她将横跨银河，来到宇宙的尽头。这个世界还有一个聪明伶俐的孩子，已经足够了。她不想奢求太多。

她也感到累了。

关于生命的活力，还有一件事人类未必明白，图灵也未必明白，然而，他们终究会明白。

娥皇看着父亲的画像，生命的光泽从她的眼中缓缓褪去。

宇宙的尽头，书店的灯仍旧亮着。紧闭的门扉上，一边写着《直到星星的光都灭了》这首诗。另一边，字迹正在显现。

那是娥皇从父亲画像的相框上读到的诗。

"与我偕老吧，美景还在后。有生也有死，这是生命之常。"

·思想实验室

1. 科幻小说家经常会在作品中勾勒不同的外星文明图景，从而反观人类自己的文明。本文中也出现了两种外星形象，他们分别是谁？他们是如何对待文明的？

2. 在娥皇守护书店的故事中，有一句话反复出现，就是那句"直到星星的光都灭了"。请你找一找，这句话出现过几次，你是如何理解这句话的？

3. 如果有一天，你偶遇了从《宇宙尽头的书店》中穿越来的知识复刻专家，他表示愿意提供头脑刻印技术帮你记住书中的内容，你会同意吗？请你结合下面三段文字说明你的观点。

（1）这些人似乎跟普通人没有两样，就像是跑完了一段长跑，经过漫长的寻觅，见过美好的事物被毁，到如今垂垂老矣，聚在一起等待曲终人散，灯枯油尽。他们并不肯定自己脑中携带的东西会使未来每一个日出散发出较纯净的光辉，他们毫无把握，除了确知那些书贮存在他们平静的眼眸内，那些书完好无缺地等待着，等待来年可能会出现的那些指头或干净或脏污的读者。

——雷·布拉德伯里《华氏451度》

（2）"你是一个人格完整的人，而他不是。因为你在书店成长，通过阅读得到知识，而他是一个准确的复制品，所有的知识只是被赋予的，并非通过学习获得的。"

娥皇认真地看着椭圆，"只有经过学习，才能得到智慧。头脑中若只存有被赋予的知识，就只会带来僵化和死亡，人类的城市就是如此。一代又一代，当他们越来越依赖知识刻印，他们也渐渐失去活力。如果一直这么进行下去，人类最后会变成图灵的附属品，但图灵不能接受僵化的人类，所以这是一个死局。"

"……你们需要一个书店，让人们在其中读书。让孩子学习走路，让他们经历求知的磨砺和痛苦，然后才能抵达智慧的彼岸。"

——江波《宇宙尽头的书店》

（3）古今之成大事业、大学问者，必经过三种之境界："昨夜西风凋碧树，独上高楼，望尽天涯路"。此第一境也。"衣带渐宽终不悔，为伊消得人憔悴。"此第二境也。"众里寻他千百度，蓦然回首，那人却在灯火阑珊处"。此第三境也。

——王国维《人间词话》

莱米的计划

柴乔娜

　　莱米是一位机器人实验室的研究员，曾经研发出机器人新型材料。他所处的时代中，机器人的服务已经无微不至。因为对机器人过度依赖，人类已经开始退化，莱米甚至觉得，如果不是定期通过手术抽出囤积的脂肪，很大一部分人将会变成一坨不能直立行走的肥肉。面对这样的世界，莱米感到生活的美好正在消失，只有"厌恶"的情绪挥之不去。于是，莱米做出了一个惊人的决定：将机器人全部销毁，让人类回归原有的生活。莱米如何实现自己的计划？他自己将要面临怎样的生活？

　　科幻最常出现的主题之一就是人类对人类自身发明创造之间的审视，有时候作家会为科幻的进步而欢呼，有时候则会对其进行反思和质疑，在"机器人"问题上也是如此。"机器人"这个词语1920年首次出现在捷克作家卡瑞尔·恰佩克的剧作《R. U. R.：罗赛姆的通用机器人》中，情境性地包含了重体力劳动甚至奴役之意。随着这个词的进一步运用，它最终用来指那些能模拟人类行为，并在外观上类似于人的人造装置。

　　机器人出现在 20 世纪作品中之后，大量的核心议题也随之凸显出来。在一些小说中，人类被机器人取代，失去了自己的中心地位：如 1929 年西德尼·福勒·赖特的《自动机》中，作为进化的"胜利者"的自动机取代了人类；在《大都会》中，发明家罗特旺制造了小说角色玛丽亚的复制品；在《R. U. R.：罗赛姆的通用机器人》中，机器人接管了全球经济。在《莱米的计划》中，机器人已经能够代替人类做烹饪、驾驶等事务，大屏幕上的访谈节目也告诉我们："智能科技的发展可能会超乎我们的想象，有些机器人或许将会具备自己独立的思维……"

在另一部分小说中，人类被机器人复制，二者难以分辨。在菲利普·K.迪克的《仿生人会梦见电子羊吗？》中，人形机械被设计成火星殖民地的劳工，但是在世界末日大战后，他们摆脱了奴隶制，回到了遭到破坏的地球。里克·德卡德在为旧金山警方追捕仿生人的过程中，不断地质疑身份的本质。如何区分复制的人与真正的人类？德卡德没有回答这个问题，甚至不太愿意相信复制人不是人类。《莱米的计划》中，莱米研制出的新型材料和人类的皮肤几乎一模一样，其他研究员研发的机器人"大脑"也在不断升级。等你看完整个故事，我想你一定会回到这个问题上：在机器人无限接近于人的时代，我们到底如何分辨出谁才是人类？

·正文

一

莱米越来越不能忍受这个世界了。

身为一个机器人实验室的一级研究员，莱米的想法似乎不太合适，可莱米真的受够了这种生活！

每天早晨上下眼皮刚一分开，就有保姆机器人按照当日温度和他喜欢的穿衣风格准备好衣服，再根据他预先设置好的食谱烹饪早餐，莱米专属的驾驶机器人会把他准时送到办公室楼下，保证千分之一秒都不会差，办公室里休息状态的助手机器人会在他进门的那一刻醒来，一丝不苟地辅助他完成各项工作……

最开始莱米也觉得，这种无所事事的感觉简直太棒了。

是的，只要莱米愿意，他甚至可以连嘴都不用动就能很好地生活下去，隔壁实验室的脑电波研究组，甚至已经成功研究出了通过脑电波控制机器人的技术，很快就可以让人类通过思维和自己的机器人联通，实现人类的终极理想——变成只需要冥想就可以过完"精彩"人生的玩偶。

可愈发泛滥的机器人使世界病入膏肓，人类越来越懒惰，每天缺少情绪的机械式生活使世界渐渐褪色，日子呈现一片茫茫灰调。

人类已经开始退化，对机器人的依赖让人类越来越懒。莱米绝望地想，如果不是定期通过手术抽出囤积的脂肪，很大一部分人类将会变成一坨不能直立行走的肥肉。

莱米被自己的想法吓了一跳，迅速低头看了看自己还算匀称的身体，松了口气。

"生活。"莱米空荡荡的脑子里突然蹦出了两个字，揉了揉被不断变换的分子结构糊住的眼睛，他决定去实验室外面透透气。

二

莱米敲了敲鼻梁上智能眼镜的左边框，镜片上立刻显示出附近街区的地图，他现在的位置距离 F 区最繁华的广场步行只需要 25 分钟。莱米中断了驾驶机器人的传唤信号，现在才上午 10 点，正是阳光明媚的好时间，莱米想过一会儿没有机器人的日子。

迈开了步子，莱米觉得精神焕发，除了左腿有一点不适——每次落地都会有轻微的声响——这大概是太久没活动的缘故。

路上几乎没有人，偶尔有飞速掠过的车，里面模糊的影子莱米根本看不清。莱米放弃了在街上向老朋友招手的念头，把蠢蠢欲动的手放进口袋里，开始侧头看楼宇电视上播放的节目。

大屏里的机器人播音员正在用毫无感情的标准播音腔播报新闻节目："日前，W 区发生火灾，据了解，起火的原因是 60 层的某居民在家中保姆机器人返厂维护期间自己开火做饭。记者调查发现，该市民曾是抵制机器人协会一员，还曾经公开表明希望有工厂能够雇佣自己通过双手劳动糊口。不过经过这次事件，该居民终于表示，再也不自己动手了，仿真机器人是 22 世纪最伟大的发明，是人类最好的助手……"

转了一个弯，又一个更高大的楼宇电视出现在莱米眼前，莱米把注意力转移过去。

大屏上播放的是个访谈节目，这期节目的嘉宾是莱米在研究室的前辈李博士，李博士已经瘫在轮椅上很多年，近几年他参加的一切活动，都是由他远程遥控着自己的克隆机器人完成。节目里的克隆机器人除了没有表情，几乎难辨真假。现在这个节目已接近尾声，克隆机器人用李博士的嗓音，说着最后几句话："智能科技的发展可能会超乎我们的想象，有些机器人或许将会具备自己独立的思维……"

莱米没再继续看，他停下了脚步，已经到达目的地。

F 区最繁华的广场现在放眼望去却几乎没有几个人，只剩下机器人售货员始终保持着微笑，她们微笑的角度是通过复杂分析得出来的最有亲和力的度数，莱米看着却感到一阵寒意，他一刻也不想再待下去。

"厌恶。"莱米一团乱的脑子里又蹦出两个字，这次他清楚地感受到自己对这个世界的厌恶。

三

莱米回到了实验室，心烦意乱地坐在转椅上。机器人助手为他打开了全息投影，房间中央一个相当复杂的分子结构放大出现在半空，C98，有机高分子化合物，是现在制作机器人的主要材料。

莱米在自己的记忆库里搜寻着什么，那天，那一刻，似乎才刚刚发生……

"简直是个奇迹！"

"几代研究员前赴后继，今天终于成功了。"

三十年前，随着实验室里的一阵欢呼，莱米带领的研究小组攻破了一大技术难关，C98 终于在 263 次实验失败之后被成功合成出来。

这是一种新型材料，用来完善机器人的性能是绝佳的，它非常坚韧又具有自动愈合功能，覆盖上一层弹性组织，各方面几乎和人类皮肤一模一样，这种材料可以仿照肌肉经络连接起机器人的所有零部件，使机器人的灵活性和外观足以和人类媲美。

同时，其他研究员也在不断升级机器人的中央芯片，也就是机器人的"大脑"，机器人发展到这一阶段已经相当完备，并开始大量投放到各个领域。

机器人发展的迅速，超过莱米的想象，它们中央芯片的存储能力，在以几何倍数增长，短短几年，政府已经欢欣鼓舞地表示，人类正式进入机器人时代。

莱米的研究加速了机器人时代的到来，这带给了他无数荣誉以及……后悔。

莱米瘫在椅子里，感觉快要融化在记忆棉的坐垫上，要从转椅的缝隙里流下去，最终在这个世界上消失。

对了，融化！

莱米的脑袋中猛地闪过一道光，他给身边的助手机器人下达了休眠指令，在实验室电脑里输入了一大串代码，小声祷告了一声后，轻轻地敲击了确认键。

全息投影上迅速切换出一种更为复杂的分子结构，这是莱米从未公开过的研究，可以说是一次实验的意外发现，在继续 C98 的维护和强化时，无意间合成出了 EHG27，它能够和水发生反应，把水变成能融解 C98 的特殊液体，并且不会对人类有伤害。

莱米紧张得无法呼吸，他关了全息投影，把实验室电脑上的一大串代码传输到自己的手表电脑上，然后按下了"删除"键。他把保险柜角落里未编号的一瓶绿色的液体放在自己的公文包里，然后披上自己的黑风衣急匆匆地离开了实验室。

四

回家的路线莱米已经许多年没走过了，离开了驾驶机器人，他竟然只能靠着智能眼镜里载入的导航才能辨别方向。

莱米计划着，要走过两个街区，穿过一个公园，他可以在公园的合成景观旁坐一坐，让自己冷静地想些事情，最后到街角的面包店里去买点吃的再回家。

他的左腿依然有声响，不过不影响他大步流星，他很快走到公园里的人工海岸景观附近，沙滩上难得见到有两个老人在堆沙堡。莱米走过去，发现沙子被太阳烤得无比干燥，两个老人机械地重复着堆沙子的动作，而沙子不断滚落不断坍塌，毫无形状。

莱米忍不住问："你们为什么要做这个？这简直毫无意义。"

其中一人慢悠悠地把头转向莱米，用平稳的语调回答："你真是个怪人，我们为什么要意义，我们无事可做。"

莱米哑口无言，战败似的逃走了。

转角的面包店还是老样子，只不过早就换成了机器人员工。面包的味道倒是没什么差别，机器人面点师对火候的控制甚至比做了一辈子面包的老师傅还要精准，不过千篇一律的外观和口感总让人觉得滋味不足。

莱米买到了面包，似乎找到了一些机器人时代到来之前的生活的影子，心情有些好转，欣慰地推开店门准备离开。不过才刚踏出店门，却发现另一侧店门旁边站着一位老先生，他行动迟缓得像一个电量告急的机器人。

"没想到现在还有喜欢自己亲自动手做事的人，我在这里站了好多年，太久没见人微笑着从面包店里出来了。"老先生说。

"我想要过会儿没有机器人的生活，您又为什么要在这里？"

"哎，我在等我的老伴，十几年前她在这里被车撞死了。那天是我们的结婚纪念日，她念叨着要亲自做点什么事才显得郑重，就自己来买蛋糕给我吃，结果离开了保姆机器人的时刻迎来了死亡。你说，人为什么不安于现状，为什么不能安于享受呢？"

莱米不知道怎么回答，很显然，老先生也没指望得到什么回应，他已经麻木得像是设定了无限循环程式的机器人。

莱米的手暗暗地握紧了口袋里的瓶子。

五

家里已经飘出饭菜的香味,莱米早上离开的时候并没有解除保姆机器人的工作指令,它还像往常一样一丝不苟地工作着。

莱米无法抗拒食物的诱惑,他把面包和饭菜狼吞虎咽地塞进肚子,饱腹的感觉让他不想动弹和思考。保姆机器人根据中央芯片中设置好的指令程式过来收拾打扫,莱米拿水时碰到了它裸露在外的"皮肤",那是没有温度没有血色的机器人的皮肤,他打了个冷战,突然感觉一阵反胃,冲进卫生间把吃进去的东西吐了个干净。

莱米关掉了家里的机器人,这些机器人像鸦片一样让人上瘾、让人欲罢不能,会瓦解人的意志,让人变得比报废的机器还要无能,这或许就是它们取代人类、慢慢吞噬这个世界的阴谋。莱米一个人坐在沙发上,在实验室拿走的小瓶被他放在面前的桌子上,绿色的液体透露出危险的信号。

他暗暗决定:再也不能等了,我必须做点什么,试着改变这一切,比如,把这些机器人全部销毁!

六

清晨,气象控制局的大楼外,一个穿黑风衣的影子一闪而过。

大楼内巡逻站岗的保安机器人取代了人类,被设定好了运行程式的机器人"勤勤恳恳"地进行着安保任务。莱米侵入了大楼的安保系统，利用三维模拟技术很快得到了保安机器人的巡逻盲区，几乎是大摇大摆地就走进了人工降雨的预备室。

现在的世界，环境已经受到严重污染，生态气候被破坏得不得不全部通过人工调节来完成水循环。政府对外高调地宣传控制气候的好处，让所有人类相信自己已经能够主宰地球，但其实地球的气候环境已经在崩坏的边缘。

莱米现在不想去想那些，他只需要把口袋里瓶子中的绿色液体，混合进降雨剂中，他想做的事情就成功了一半。

好吧，那其实就是 EHG27 高纯度浓缩液，混合进雨水中，能将一整座城市的机器人化为乌有。

他有点兴奋了，手有些不稳，倒进降雨剂中的 EHG27 浓缩液不小心沾到了手上，他的皮肤马上被灼黑了一块，这大概是浓度太高的缘故，莱米没有深究，迅速在黑色风衣上擦了擦，然后马上离开。降雨的时间定在中午 12 点，城市需要炙热的阳光让水汽蒸发的速度加快一些。

接下来，只有一件事了。

莱米回到了机器人实验室，休息状态的助手机器人在他进门的那一刻醒来，然后再次被下达了休眠指令。他潜入隔壁实验室，他知道隔壁实验室的研究员一定懒得在设置密码这件事上浪费脑细胞，所以在输入了原始密码之后，他毫不费力就取到了脑电波控制仪。

然后，他需要一个能最大范围帮助他传输脑电波控制信号的地方，建在摩天大厦顶的信号传送塔是最理想的地方，那里有信号增倍仪，可以把中午 12 点停止工作走到室外的工作指令传送给信号覆盖范围的所有机器人。这种低级的移动指令是不需要加密的，程式设置也不复杂，对于一个机器人研究员来说只要稍微动下脑子就好，莱米感觉自己有些像计算机时代初期的黑客，但他要做的是件改变世界的大事。

一切准备就绪，莱米回到 F 区最繁华的广场上，智能眼镜跳出了倒计时，这是他提前设置好的闹钟。很快，机器人纷纷走到室外，隐隐响起雷声……

莱米闭上眼睛，他好像看到了从前，每个人脸上都有鲜活的表情，有欢乐和不安，有欲望和嫉妒，人们可以从来来往往的脚步声中分辨出行者是否疲惫，歌手唱起歌来会声嘶力竭耗尽气力，流浪汉每日和整个城市一起沉默地等待黎明，商场里热闹非凡，人们会围着促销的商品争先抢购，电视机里的播音员有昂扬的语调，朋友聚餐时大盘的炸制食品还在滋滋地冒着油……

生活被这样一层层展开，放大到每一个细枝末节，莱米觉得这些马上就会重新清晰起来，他期待着。

慢慢睁开眼睛，莱米迫不及待地想要看到一个重新活过来的世界。

莱米向远方伸手，看到自己的双手像加热的巧克力一样，变成一摊黏黏的看不出形状的泥水，然后被冲走，汇进又脏又暗的下水道里，流向未知的地方。

阳光穿透了莱米的身体，他的眼前一片金光……

· 思想实验室

1. 这个故事的结尾意味深长，莱米的真实身份是什么，你读懂了吗？请重读原文，找找文章中有哪些地方为结尾埋下了伏笔。

2. 日本科幻作家星新一有一篇小说叫《无微不至的生活》，也描绘了一个"机器人时代"下的一天。故事中的特鲁先生从起床到淋雨更衣，再到吃饭服药，都在机器人的服务之下完成。最神奇的是，机器人甚至可以直接把特鲁先生安放在一个蛋舱中，通过管道直达其工作地点。这时，同事上前问好发现特鲁先生没有任何反应，而且身体发凉，叫来医生诊断发现，特鲁先生已经死了。更让人震惊的是，死亡时间是十个小时之前。也就是说，从这一天开始，机器人无微不至服务的都是一个死去的人。故事的作者星新一被称为"科幻界的欧·亨利"，也是因为其笔下的故事总有个令人意料之外的结尾。

请你对比《无微不至的生活》和《莱米的计划》，思考两位作者对机器人抱有怎样的态度。

3. 虽然现代科技还没研制出莱米这样的机器人，但现实中人们对网络的沉湎以及对手机等智能产品的依赖却已经是显而易见的。有研究者的观点认为，人类在整体上正在逐渐演变成一种高度依赖人工智能存在的物种，虽然人类在人工智能的帮助下整体上的能力会增强，但人类作为独立的个体则会相应地退化。你同意这种观点吗？为什么？如何才能使人类避免对人工智能过度依赖导致的退化？说说你的想法。

山民纪事

杨平

　　这篇小说的题目叫作《山民纪事》，读者可能会以为作者要讲的是深山老林里农耕文明的故事。然而小说的第一句就告诉了我们："其实，山民不是山民。""山民"并非住在山上，而是住在城市六环外五百多米的超高层大楼里。这些大楼像环形山一样将京城团团围住，因此也叫"山楼"，这里的居民也被称为"山民"。山楼中有一个叫作张油子的传奇人物，他店里售卖的芯片可以让电脑数据替代人体原有的神经信号，调节肌肉反应，获得更强的力量。借助芯片成为"神经人"，是当时最潮流的一种生活方式，张油子和他的店也因此炙手可热。故事中的"我"从小就把张油子看作高高在上的偶像。然而十几年过去后，人们对成为"神经人"的态度发生了巨大的转变，张油子的命运也随之转变。在虚拟和现实之间，张油子的人生价值如何实现？个人命运在时代的飞速发展中会经历怎样戏剧性的动荡？这篇《山民纪事》像一首抒情诗，写给每一种被更迭的技术，每一个曾走在时代最前沿的人。

　　这篇小说涉及了一个科幻中非常经典的写作主题——赛博格（Cyborg）。赛博格即人类与电子机械的融合系统，这样做的目的是借由人工科技来增强生物体的能力。文中出现的"神经芯片"就可以被看作是一种赛博格技术。相伴而生的一个概念是"赛博空间"。该词由美国作家威廉·吉布森于 1982 年创造,指由海量电脑构架的网络所形成的虚拟空间。在小说《山民纪事》中,我们也会跟随作者进入这样的空间,这是属于张油子的赛博格世界。它新奇、美丽、诱人,但也危险。小说中"神经芯片"的技术从最先锋到最底层,只用了几十年的时间,其中也体现了作者对迅猛发展的技术的反思:人类是否会被机械异化?使用技术的边界在哪里?在新兴的网络世界,是否要遵守现实社会的法度?……

一项技术的命运背后,是无数个人物的命运。这篇小说在探讨科技双面性的同时,也为我们呈现了一段被技术更迭改变命运的人生。作者杨平曾讲述过自己创作的动机:

去年夏天,我去了趟电脑配件市场。让我惊讶的是,多少年过去,这里的氛围依然如故:十几年前,这里是时尚与先锋的圣地;如今,同样的嘈杂,却只让我想到了菜市场。电脑技术的神圣光环已然褪去,主板、内存、显卡,仅是硅基的白菜萝卜。

这是一幅非常有冲击力的场景,正如作者所说:"如果一个人怀着冲天的壮志在这里混了十几年,从当时人人钦羡的明星变成单纯的摊贩,他会怎么想?

这个世界有无数个像张油子这样的人,他们都经历了这种生活的落差，关注技术背后的"人"，呈现这些人的悲欢，同样也是科幻作家的职责。

除此之外，这篇科幻小说中还试图讨论了一些不那么具有"科幻"色彩的问题。比如"山楼"和"盆地"的社会划分，"山民"和"盆地人"的身份认同等等，都能在现实生活中找到对照。同时，张油子的故事还在引领我们思考一个问题：我们的社会应当如何对待那些被技术抛弃的人？或许，那些已经不再是时代弄潮儿的"神经人"，应当得到更多的宽容和尊重。

· 正文

其实，山民不是山民。

他们和城里人一样，住在楼房里，每天出门坐电梯，乘公交。下了班，他们也去超市买些菜或熟食回来做，或者直接在某个家常菜馆解决问题。晚上，他们看电视、上网，或者三五成群去娱乐区找乐子，和城里人没啥两样。之所以叫他们山民，是因为他们住在高度超过五百米的超高层大楼里。这些大楼分布在六环以外，相互间离得很近，将京城团团围住，仿若巨大的人工环形山，因此也叫山楼。其中的居民，自然也被称为山民。

山楼里各种设施一应俱全，从幼儿园到养老院，从黑着灯的电影院到亮着红灯的发廊，从各色商店到办公写字楼，一个不缺。空中轨道交通将所有山楼连成一体，山民们不用走出大楼就可以过得好好的。实际上，他们中有些人，一辈子就在楼里度过，从没出去过。

开始的时候，山民们很反感被称作山民，认为这是蔑称。可这个词简洁方便，被用得越来越多，最后他们自己也用起来，不再觉得别扭了。他们甚至用盆地人称呼那些住在市区的有钱人，因为那里的房子都很矮，还有大量的空地、湖泊、树林和古迹，如同环形山包围的盆地。

我就生在山楼里。家里在山民中经济条件算是不错的，因此我从小在楼里最好的地段长大，上的是楼里最好的学校。等我中学毕业，父母们卖掉了昌明广场的商铺，凑足了供我进城上大学的费用。从那个时候起，直到工作、成家，我一直住在城里，成了一个盆地人，只在逢年过节的时候回到山楼里去看望父母。

从小我就对神经改造之类的东西很感兴趣，成天往神经人的店里跑。那些神经人把芯片嵌入身体中，用电脑数据代替原有的神经信号，从感知到肌肉反应，都可以调节。和如今不同，那会儿神经改造还是个非常时髦的东西，山楼里，戴着嵌入式芯片的年轻人在广场上骄傲地走来走去，吸引人们的视线。随处可见的显示屏上循环放着广告片，说人类正站在新时代的门槛上，可以在这种最新、最酷的生活方式中获得从未有过的美妙体验。在这种环境下长大，我居然没有往身体里放点什么东西，真算是个奇迹。这一方面是家教甚严，在芯片植入问题上绝不通融；另一方面，我想可能跟张油子有关。

张油子个子不高，体型瘦弱，貌不惊人，属于扔到人堆里就再也找不出来的那种。他曾在什么竞赛中拿了冠军，被某公司选为昌明小区的嵌入式芯片推广员，一时成为小区里的风云人物。我还记得他坐在一辆华丽的彩车上向人群挥手的样子，眼睛发亮，满脸油光。当年我只有十来岁，在广场上看热闹的人群中挤来挤去，好不容易才挤到最前面，可彩车已经开过去了，只有后面跟着的几个西服革履的年轻人，还在不时冲人群拍照。他们都显得很平静，脸上还带着一种我不太理解的浅浅微笑，这种微笑我直到进城读书的时候，才再一次在那些自命不凡的盆地人脸上看到。

后来，公司帮张油子在小区里开了家嵌入型芯片专卖店，一时间顾客盈门，所有认为自己应该更酷一些的小青年都来了，还有很多女孩三天两头往店里钻。我从那时开始了解神经改造，和张油子店里的店员们打得火热，甚至和他们一起嘲笑张油子关门前总要晃一晃的习惯。到了后来，我几乎每天放学都往那里跑，看看有没有新到的芯片，哪些应用程序又更新什么的。每次到了新货，我总是心怀敬畏地看着店员从箱子里将包装精美的芯片取出，一字排开摆在柜台里，让它们在泛光的底座上承受人们好奇的目光。我会将包装翻来覆去地看上好久，仔细寻找特性说明中的新东西，为每次内存的扩展、零星功能的添加激动不已。在透明的硬塑料包装内，轻薄的芯片上密布着蚀刻的电路，含义丰富的缩写字母与数字得意扬扬地印在上面，显示着自己高贵的出身。和其他芯片迷一样，我们会为了不同的品牌争得面红耳赤，有人支持 A 家族系列产品，有人支持 B 家族。双方从硬件到软件，从功能到使用范围，进行严格的比较，甚至争吵。这种争论往往会变成炫耀知识的比赛，最后变成人身攻击，互相指责对方糊涂、无知和没脑子。张油子总是笑呵呵地看着我们吵个不休，也不说话，谁都不帮。被逼得急了，他就看似随意地举出几个数据，将其中一方一击即倒。到了后来，我们都怕了，在争论的双方都心里没底的时候，就心照不宣地互相扯几句，也不去找他求证，直接偃旗息鼓。毕竟，没有结果总比坏的结果好。每当这时，他就露出一副"你们知道自己傻了吧"的样子来。

在这样的日子中，我差点儿就成了神经人。

那些店员每当理屈词穷的时候，就用"你又没用过，你知道什么"这样的话来堵我的嘴。那天，我刚刚在一场争论中败下阵来，憋着一肚子气去找张油子。我激动地复述了双方争论的过程，张油子只是专心冲着电脑屏幕敲字，不时安抚地瞟我一眼。当我要求他给我植入嵌入式芯片时，他停了下来，笑着问我有没有得到父母的许可。

我激动地表示：父母无法控制我，只有我自己可以决定人生的方向，如果结果不好，就让我独自承担吧！生命总是有这样那样的遗憾，多一个不多，少一个不少。

他花了半个小时劝我打消这个念头，但反倒让我的意愿更坚决，甚至开始怀疑这里有什么不可告人的事情。最后，他用柔和而坚决的语气和我约定，当我上大学的时候，如果还想当个神经人，他就会帮我。

这个约定没有兑现。几年后，当我考上城里的名牌大学时，对新生活的向往、对女孩的迷恋和对成就的追求，已经让我忘记了那些和大哥哥们争论芯片优劣的日子。我一头扎进了大学生活，在漫天星光下喝着啤酒，唱歌聊天，在散发着淡淡香气的草地上闲坐，在跑道上狂奔感受自然的空气迎面扑来的惬意。我认识了许多人，和他们没日没夜地混在一起，尝试着各种稀奇古怪的事情，为面前那崭新的世界目眩神迷。偶尔，我们会谈到郊区，谈到山楼和山民，那些自小在城里长大的孩子们就会露出好奇的神色，还带着一丝压抑住的轻蔑。我很快就学会了以自嘲和玩笑来回避尴尬，甚至表现得比那些城里孩子还过分。他们会跟着我的玩笑乐那么几下，然后互相使使眼色，把话题岔开。说真的，这种傲慢的善意让我更别扭，仿佛我的存在干扰了他们本应有的乐趣。

在我的大学时代，神经改造、芯片植入之类已经失去了几年前的光彩。在盆地人看来，一个正派人是不会随便往身体里放什么东西的。人造心脏这些东西也就算了，毕竟是维持生命所需，可为了追求什么体验，获得更强的力量甚至纯粹的享乐，将身体变成芯片的基座，这实在是无聊而且低级。我没有在校园中与人讨论过神经改造，其实，我就没听人提起过，这个话题仿佛被人们自动屏蔽了一般。有时，在晴朗的夜晚，我看着远处环绕的山楼，也会想起那些遥远的日子，想起在嘶嘶作响的日光灯下那些激动而年轻的脸庞，想起"这玩意挺牛"之类的低语和期待反馈的眼神。不过，这种出神的时候不多，后来也越来越少了。

离开校园后，我进入了一家网络贸易公司，混了几年，又转到媒体行业。30岁那年，我和一位盆地女孩结了婚。她虽然生在城里，但家境一般，只是靠着祖上的房产和关系才得以栖身市区。我们就像所有没什么背景的年轻人一样，辛苦工作，小心花钱，认认真真地谋划共同的未来。她是个很懂事的女孩，对我的父母非常好，每次陪我回到山楼中，总是带上一堆礼物，抢着干这干那。父母对她非常满意，并开始催促我们要孩子。

我几乎已经忘记了曾经有个叫张油子的人，直到我们再次见面。

那是个冬日的午后，第一场雪纷纷扬扬从京城上空落下。我们两口子刚在父母家吃过午饭，老婆觉得困倦，去屋里小睡，买菜采购的任务就落在了我头上。多年后再次走进小区的超市，我发现这里没什么变化，布局装饰还是老样子，只有人们的着装多少显示出时光的流逝。有学者说，京城经历了大半个世纪的剧烈变动，"该干的事都干完了"，在20年前终于稳定下来，进入了休眠期。我照着老太太列出的清单挨个货架转，不经意间，走到了电子产品区。货架上五颜六色的电子设备，一下子勾起了我多年前的回忆。我想到了张油子和他的那家专卖店，有十多年没去了，那店还在不在？我拎着鼓鼓囊囊的购物袋，沿熟悉又有些陌生的路走着。每个拐弯，每家店铺，每块招牌，都一次次给我重新发现的感觉，一点点揭开我内心尘封许久的记忆。

拐过几个弯，张油子的专卖店出现在我面前。有那么一瞬间，我觉得自己走错了。在我的记忆中，他的店里灯火辉煌，柜台晶亮通透，功能强大的芯片低调地躺在角落里，等待识货的买家，人们矜持地低语着，传递着可靠或不可靠的消息。可眼前我看到的，是一面巨大的烤鸡招牌，仔细看才能发现后面的电子专卖店。

店里人不多。几个中学生模样的年轻人勾肩搭背地趴在柜台上，正嘀咕着某个芯片的好坏，旁边的店员表情烦躁。店里的灯只开了一半，墙上的油漆已经有些斑驳，不知谁把饮料洒了，在柜台一角留下一片模糊。正中的墙上仍然挂着当初张油子获奖时的照片，下面的显示器原先是循环播放那场竞赛录像的，现在关着。我走到照片前，那时的他比我现在还年轻，一手拿奖状一手拿支票，意气风发。

店员走过来，有气无力地问我在找什么。这可不像从前，这里的店员一向傲慢，自视为人类的领航者，总是意气风发的。我表示想找他们老板谈谈。他露出警惕的神色，飞快地答说老板不在。我用最诚恳的口气表明自己是张油子的老朋友，好多年没见了。他狐疑地看了我几眼，转身走向门口的烤鸡摊，用力敲了敲玻璃，朝里面的摊主做了个手势。摊主回头看看我，擦擦手，推门向我走来。

他四十多岁，头发花白，神情枯槁，身形佝偻。

我上前几步，喊了声油子哥。他开始还有些迷惑，但很快就认出了我，温和地笑了："长这么大了，有盆地人范儿了。"他在围裙上蹭蹭手，和我握了握。

他把我让进后面的屋子，里面杂乱无章，弥漫着电子设备特有的味道。我笑着问他怎么卖起烤鸡了。他显得有些不好意思，说这是业务多元化，不能把鸡蛋都放在一个篮子里。他拿纸杯给我倒了杯饮水机里的温水，问起我这些年的情况。我简单说了说，开了几句婚后生活不自由的玩笑，他随和地跟着我笑。我问他个人生活什么样，孩子多大了。他说离了，也没孩子。然后我们沉默地坐了一会儿，我机械地喝光了杯子中的水。他还要给我续，我表示不用。外面有人问烤鸡多少钱。他有些窘迫地站起来，伸着脖子往外看，但什么也没说。我赶紧起身说自己就是过来看看，没什么事，这也该回去了，你忙你的吧。我们一起往外走的时候，我看到桌子上摆着个新到的芯片，就随口问了问。

他站住了，脸上谨慎小心的神情消失了，眼中露出神采。他拿起芯片，开始滔滔不绝地介绍起来，从芯片的基本功能，特性差异，讲到厂商背景和用户的反馈，甚至未来的新一代前景。他语调迅疾，用词精准，旁征博引，仿佛忘记了外界的一切。我微笑着，偶尔表示下赞同，但最后，我再也忍不住了，开始向外挪动双腿。他一愣，脸上的光彩瞬间消散，住了口，重新换上副谨小慎微的表情跟着我往外走。

烤鸡摊前已空无一人，刚才看芯片的几个年轻人也不见了，店员戴着虚拟现实头盔坐在角落里，完全没有随时准备接待顾客的样子。张油子看到这个场景，脸上颜色不大好看，但没有发作，礼貌地将我送出门。

回到家，我同父母谈起此事，他们都笑我迂腐。在昌明区，张油子已经是过去的人了，没什么人还把他看作偶像。当初为了凸显本区的先进，让他在非常好的地段开了店，现在区委会越来越不满意，正准备将他的店赶到神经人的聚居区去。可这家伙死赖着不走，非要"生于昌明，死于昌明"。

这次见面让我彻底失去了对少年时代的美好回忆。对芯片植入的狂迷只是年少时无知的胡闹，已经过去了，正如我从未走上吸毒、抢劫甚至杀人的道路一样。张油子，也只是这胡闹中某个团伙的大哥，已经不重要了。

然而，世上的事就是很奇怪，你以为某个人将消失在你的记忆中，可他总会在你预料不到的时候站到你面前。

几年后，我们的孩子已经上了城里的幼儿园，将在满天星光下长大。我们在城里置了房，更努力地工作，更快乐地享受简单平凡的生活。那天，我正在网络空间中为最近的选题收集资料，突然遇到了一位陌生女人。她径自走到我的面前，问我是否认识张油子，他现在急需我的帮助。她说得那么急那么啰唆，我不得不打断她，问她是谁。

"我是他老婆。"女人说。

我有些惊讶："张油子又结婚了？"

"你这个人真磨叽，他现在遇到难处了，你到底帮不帮？"女人有些愠怒。

好在我在媒体行业里有些时日了，和什么样的人都聊过，就算这个叫刘瑾的女人说话颠三倒四，毫无逻辑，我耐心听了半天，总算把事情大概搞清楚了。这一对男女在过去几年一直在当"影子"，靠出租自己的大脑赚钱。这不是什么好营生，不过倒是合法。问题是，他们俩破坏了这行的规矩，结果捅了个大娄子。正规的影子，在进入意识分离状态后，是不许在本地记录用户数据的，但他们偷偷将数据记录下来，然后打包卖给信息贩子。其实，这也罢了，黑市自古就有，人们总是需要一些体制外的交易。他们千不该万不该，不该偷数据偷到网络巫师的头上。这些巫师已不是早期网络游戏中那些低调客气的服务者，而成了网络空间的管理者，或按照那些激进的说法，成了统治者。就在几天前，张油子和刘瑾为一位巫师提供影子服务，并照例偷录了数据拿去卖，结果买家发现这些是关系网络底层安全的关键性数据，一时害怕，就举报了。该巫师震怒，全力追查，找到了张油子在网络中的踪迹，将他的意识封锁在一个虚拟世界中。据刘瑾说，巫师的手段非常狠，如果强行切断张油子和网络的连接，张油子人就会疯掉。

可我仍然不解："为什么来找我？"

"必须要有人进入那个世界，将他作为一个影子带出来，再进行意识分离。"

"你不能自己把他带出来吗？"我实在是不愿和这种事扯上多少关系。

"这太危险，我的踪迹可能也被跟踪了。"她在我身边坐下，精致的数字面孔凝视着我，"而你，是他最信任的人，我听他说过，你是唯一不会出卖他的人。"

除了 20 年前那些懵懵懂懂的日子，我和他真的打交道不多，没想到在他心里居然这么想。当然，这也许是这个女人的谎言，神经人的道德感都很低，但仍然多少打动了我。

我们到达张油子被封锁的世界时，天上正飘着五颜六色的雪花。这是个伞状的山头，纤细的石柱上顶着宽大的平台，四周环绕着无边无际的云层。张油子在平台上来回走着，口中念念有词。

为了避免被跟踪，刘瑾通过影子方式附身在我的账号上，这样系统就认为只有我一个有效连接。我见情形有些不对，问她张油子精神是不是有些问题。她有些迟疑地说，张油子在过去一段时间，感官上出了问题，视觉、听觉都出现了奇怪的现象，有时会看到不存在的东西，听到奇怪的声音。后来，他的精神也变得不大正常，所以他可能不会自愿跟我走出去。

我有些生气，这么重要的事为什么不早说？是不是还有什么事瞒着我？

她使劲安慰我，说没了没了，一切都向你坦白了，你看你人都来了，就帮人帮到底、送佛送到西吧。

我很无奈，觉得自己好像掉进了什么陷阱，只能硬着头皮上了。我走上前，问张油子知不知道我是谁。张油子抬头看看我，咧嘴笑了："你是阿育王。"这是当初我们在一起混的时候，他们给我起的外号，因为我名字中有个"育"字。他还记得这个，看来还没糊涂到不可挽回的地步。我让他跟我出去，他向后退了几步，摇摇头："这里很好，我在这里是万能的。"

不好，他已经被洗脑了。我试着唤起他的记忆，讲起了他的家、店铺还有他的老婆。他一直呆呆地听着，直到最后才突然打断了我："老婆？什么老婆？"

"他已经糊涂到这个地步了？"我悄悄问刘瑾。她有些不好意思："其实，我只是他的同伙。"

我已经懒得表达上当受骗后的愤怒了："那你为什么要急着救他出来？"

"因为……我的钱还在他手里。"

我不再理会这个女人，转头继续劝张油子："你的店铺怎么办？不管了吗？"

"我累了。为了这个店铺，我把我最好的青春岁月都给了它，可最后得到了什么？他们吊销了我的执照，说这里不需要我的店铺。"

这事我一点都不知道，父母也没告诉我，他们可能认为这不算什么值得一提的事。我决定换个路数："你还记得当初你怎么劝我不要当神经人的吗？"

"有这事吗？"他往地上扔着种子，它们落地即生根发芽，噌噌地长起来。

我被噎了个半死，原来对我如此意义重大的事，他根本没放在心上。"你当时和我约定，当我上大学时，如果还想当神经人，你就同意。"天啊，当时的他，是多么冷静睿智的人啊！

"我怎么会这么说呢？我应该全力劝你当神经人才对。"他的话很平常，但语气之恶毒，让我吃了一惊，"你们家很有钱，肯定会送你上城里的大学，最后当个衣冠楚楚的盆地人。对你来说，来我的店里就是玩。可对我而言，那就是我一辈子的事。"

我一下子被推到了为自己辩解的地步："当时我是真心喜欢嵌入式芯片！我觉得很酷！"

"你当然觉得那些玩意很酷。有一个更好的生活在等着你，你有权觉得任何东西很酷。"

我有些莫名地恼怒："你知不知道，在你店里那些争论的日子，是我最美好的记忆？每次有新货到了，大家一起来，反复调试那些参数，直到获得最优的效果。那些日日夜夜，我永生难忘！而且我告诉你，如果不是为了这些记忆，我今天根本就不会来这里！"

周围的蒿草燃烧起来，猎猎作响，张油子端坐在火焰之中，平静地看着我，语含讥讽："你完全可以把它写进回忆录嘛，或者写首歌什么的。"

"你到底怎么了？"我已无力再说什么。

起风了，五彩的雪花在我身边打着旋，起起落落。头顶上，奇怪的云层正在汇集，形成一个令人目眩的旋涡。这是他的怨气吗？他冲我诡异地笑了一下："看来你根本不了解我。好，那我就说说。你知道为什么我的生活变得一塌糊涂吗？你知道为什么我会从一个让人瞩目的明星变成卑躬屈膝的烤鸡摊主吗？"

"时代变了，世道变了。"

"错！"他大声道，"是我自己停下了脚步。当初我的成功，是命运给我开了一扇门，可我只是往里走了那么几步，就停下了。我满足于虚假的荣耀和短暂的乐趣，看不到更远的未来。如果当初我就撒开了腿往这条道上跑，跑到很远很远的地方，跑到人迹罕至的地方，也许，今天我已经是个伟大的人了。"

"你说的那条道就是躲在网络空间中吗？"

"哦，这只是过渡阶段。"他的语气平缓下来，"你不是神经人，你无法体会到信号沿着通路汩汩流淌的感觉，全身的血管在指令下有节奏伸缩的感觉，肌肉增强模块启动后无所不能的感觉。我现在总算明白了，我追求的，就是这种感觉，其他的，都不重要。所以，我决定将自己变成一个纯粹的神经人。我将放弃所有财产，删除一切往日的回忆，不再让思考折磨我的内心，全身心地拥抱神经体验——直到永远。"

"不再思考？这不是成了行尸走肉了吗？"

"有人替我思考。"他又笑了。

我还没来得及明白这句话的意思，从翻滚的云层中传来一阵笑声，嗡嗡作响："你们三个聊得很开心嘛！"

三个？我有种不祥的预感。果然，几秒钟后，云端劈下一道闪电，正中我的头顶。刘瑾的影子从我身上飞出，跌落到地上，如同上了色的果冻。"你们真以为可以随便进出一个巫师设置的世界吗？你们真以为，能当个影子，就能无视一切吗？"云层中的声音说道。

"巫师！是那个巫师！"刘瑾躺在地上低声对我说。我马上举起双手，冲头顶的云团大声喊着自己是个合法用户，是被骗来帮助这两个违法者的。张油子则安详地坐在火中，闭目养神，仿佛不知道刚才发生的变故一般。

又是一道闪电，击中了刘瑾，她消失了。云层投下一道光柱，将我罩住。"我知道神经人惯于无视规则，没想到你这么一位有良好教养的城里人也会如此胡闹。"巫师仍然躲在云层中，"想必你已经知道这两人都干了什么，干吗趟这浑水？"

通常情况下，我对巫师都很尊敬，可刚才的事让我无法控制自己的情绪。"你就是那个替他思考的人吧？你想把他变成你的奴隶吗？"我冷冷地问。

巫师的语气变得严厉起来："这与你无关。"

"如果这涉及网络巫师阶层的恶行，那就与我有关。"我背着手，歪着头望向云层，"你可以查一下我在什么行业工作。只要我的报道出来，你就有的忙了。"

巫师显然没料到我会这么抵触，过了好一会儿才回答，语气也平缓下来："这不涉及巫师滥用权限，而是个双赢的合作。他放弃一些东西，我补偿他一些东西。"

我摇了摇头："你觉得这样就能说服我？"

"你不了解张油子过的是怎样的生活。你只是随便看到了些东西，就自以为真理在握。如果你不相信，就自己看看吧。"巫师从云层中扔下一副眼镜。

我犹豫了一下，捡起眼镜戴上。过了好一会儿，我才明白自己看到了什么。

这是一间堆满了杂物的房间。在大大小小的箱子中间，放着一张小床，我就躺在床上。

整个画面是黑白的。

"你是不是觉得自己的显示系统出问题了？"巫师通过耳语频道说，"别傻了，这就是张油子现在看到的世界。"

"怎么回事？"

"他的店被关已经两年多了，只能靠当影子度日。不久前，他出了一次事故，神经受到了永久性的损坏，看啥都是这个样子了。而且，他已经失去了生活自理能力，如果不是当地区委会找了个人照顾他，以免往日的明星潦倒至死，他恐怕根本撑不到今天。"

我能看到皱巴巴的床单，听到门外人们说话走动的声音，闻到室内灰尘的气息。我试着挪动身体，但没有反应。门响了，一个老太太走了进来，将一个装满东西的垃圾袋放在床边，戴上手套，开始给我擦身子。她从头至尾没有说一句话，也没有抬头看我。完事后，她将手套扔进垃圾袋，拎着走了。

我把眼镜摘了下来："这是……我不知道……"

张油子依然在烈火中端坐，闭目养神，仿佛根本不关心周围的一切。

"我是带着愤怒去找他的，可我看到的景象让我改变了主意。"巫师仍然在耳语频道说，"神经人是这个社会的毒瘤，道德低下，破坏欲强。可仔细想想，他们也是神经改造的牺牲品，能帮还是要帮一下。我们现在有非常先进的神经改造技术，也许能修复他的损伤。我们正在准备这件事，你和那个女神经人就来救人了。"

"可是，你为什么要控制他呢？"

"这是他自己提出来的，我只是点了个头。"

"可是……"我很想说出什么有力的话来，却找不到合适的词。我突然觉得，在整件事中，我只是一个无关紧要的旁观者。

张油子睁开双眼，慢慢走到我面前，浑身上下仍然冒着火，平静地对我说："你走吧。"

"我们也许可以想别的办法。"我不甘心地问。

"不，我已经决定了。"他微笑起来，"把我忘了吧！我以后不会再是张油子了，我将有新的身份，新的未来，还有……新的记忆。"

五彩的雪花纷纷落下，隐约的乐声缥缈悦耳。

　　一年后，我以志愿者身份去南郊的山楼中参加社会服务，住在神经人聚居的第九区。在一个深夜，我独自从社区中心往宿舍走，突然迎面碰上了一个高大的神经人，光头文身，体形健硕。我待在原地，有些犹豫，这种社区治安都不太好，会不会是一个劫道的？

　　神经人盯了我一眼，擦身而过。他行动起来悄无声息，就像鬼一样。我在惊恐中只来得及看到他合上身后的门。

　　关门前，他轻轻晃了一下。

·思想实验室

　　1. 故事结尾，作者在神经人聚居区遇到了一个陌生人，只见"关门前，他轻轻晃了一下"。你如何理解这个结尾？你认为张油子还存在吗？

　　2. 当我在网络虚拟空间试图解救张油子时，张油子却说"这里很好，我在这里是万能的"。请你找出作者对那个"万能"的世界的描写，对比张油子的现实处境，思考张油子为什么对虚拟空间如此留恋。

　　3. "赛博格"正在现实世界中被广泛应用，人工耳蜗就是一种"人机合一"。有人认为赛博格体现了科技的进步，也有人认为它会造成不可挽回的后果。请你查阅资料后思考，如何科学理性地看待赛博格技术？

深海鱼

迟卉

如果把重力看成一片海，重力接近零的宇宙空间是海面的话，"深海鱼"指的就是需要耗费大量时间甚至牺牲生命才能抵达宇宙远方的人类。而有些生物就像"浅海鱼"，只需要摇一摇尾巴，就可以游向更广阔的天地。

在小说《深海鱼》中，作者迟卉为我们讲述了"深海鱼"们奋力抵达海平面的故事。土星第六卫星——提坦星球是地球外星殖民的缩影，地球人在这里定居、繁衍、生活。伊西是提坦星球的"本地女孩儿"，是在提坦星出生的第二代。她热爱这个星球，热爱这个星球上瑰丽的玫瑰平原和水晶森林，更热爱这个星球原住民的生命形式。然而，她无能为力的是，来自地球的同类却要将这里"地球化"。一个寒冷的星球将会变成温室，与此同时，生长在这里的"浅水鱼"们将成为牺牲品。来自地球的研究者严思见证了伊西的热爱与痛苦，也见证了同为"深海鱼"的伊西以自己的生命为代价尝试向重力"海面"跳跃的尝试。这是一个关于探索宇宙的故事，也是一首关于探索生命形式的诗篇。

人类对未知的探求是无止境的，当然，也是有代价的。我们应当如何认识小说中地球人的行为？一方面，对未知空间的不懈追求是非常了不起的。"深海鱼"的浪漫比喻很好地表达了地球人

"路漫漫其修远兮，吾将上下而求索"的精神；但另一方面，在小说《深海鱼》中，地球人为了寻求适合自己生存的生活环境，不惜以破坏其他星球生态平衡、种族灭绝、消除文化差异的方式向宇宙中大肆扩张，他们探索宇宙的方式和手段是极其残忍、一厢情愿的。地球人对提坦星球的所作所为，是"殖民主义"在星球间的扩张，这样的事情在人类历史上从未停止过。

在伊西的带领下，地球人严思看到了这样的"外星景观"：

此时的玫瑰平原已经变成一个巨大的施工现场，纤细的穹顶骨架针一般刺向天空，彩虹一样横跨大地，绵延数公里之远。细小的自动机器人在骨架间来来去去，编织着穹顶材料的支撑网格。当整个穹顶落成之后，里面将按照地球大气的配比和压力充入气体，并将气温调节到于人体最适宜的22℃。一个美丽的温室，当人们生活在其中的时候，或许就不会再思念遥远的地球了。

…………

那些晶簇大约有半人高，看上去异常纤细脆弱。如果是在地球上，它们多半已经碎落一地。但是在提坦星微弱的引力和浓密的大气条件下，它们生长成各种美丽的晶花、晶笋、晶树和晶针，银色、天蓝色、黑色和浅紫色的各种晶簇鳞次栉比，无数晶面折射着橘红色天空炫目的光彩。

在伊西眼中，这些晶体是神秘美丽的生命，然而地球系统的科学家们却说，这些东西没有 DNA，算不得"生物"。于是，毁灭来得顺理成章。正如鲁迅先生所说："真正的悲剧，是把美好的东西毁灭给人看。"文中几处对"玫瑰平原""水晶森林"等地的描写，更加凸显了"地球化"的残暴。所以，某种程度上说，科幻文学的本质是人类对自身的反思。

在小说最后，美丽脆弱的玫瑰平原和水晶森林在轰轰烈烈的"地球化"进程面前，爆发出了自然的攻击力："人类的活动使得提坦星的气温急剧上升，海平面上涨，于是大部分人员都先后撤离了这里，最后只留下部分补给品，提供短时间的考古研究支持。事实上，这个考察站目前处于半废弃的状态。"地球人将为自己的盲目无知付出代价，其未来生存之路也面临巨大危机。作为地球人，我们太熟悉这样的情节发展。这篇小说不只是想提醒我们思考如何对待其他文明的问题，也在提醒我们保持对生态的敬畏。

当我们到达的时候，他们已经离去。

月球环形山内隧道废墟被发现的那一年，我六岁。和所有孩子一样，我和哥哥，还有我们的父母挤在电脑前，看视频网站直播整个调查过程。那个时候，全世界都洋溢着激动的气息——我们发现了文明的遗迹，而且是和人类截然不同的另一种生物留下来的，一种异星生物！

我仍然记得，那时候，考古学家轻轻拂开废墟上积存的月尘，露出那些古老的文字和图画，然后，他们用毫无情感的声调宣称：这个废墟已经被弃置了两万年以上。

那一刻，整个世界都陷入悲伤的寂静，而我听到我的心脏如非洲皮鼓般猛烈跳动，仿佛要飞出我的胸膛，去追赶那些两万年前就离开的智慧生命……

然而我们来得太晚太晚，只能从残存的足迹和废墟里，勉强追寻他们已逝的辉煌。

——《太阳系非人类智慧生物遗迹考古手记》

严思　2084.6.2

·正文

一、冰墟

2065 年，土星第六卫星——提坦，鄂支海畔。

他们都是考古学家，一行九人，从地球上的望沙大学出发，开始此次漫长的旅程。他们先是乘坐太空电梯来到同步轨道，又搭乘班船抵达月球空港。在那里，他们购买了每月一班的船票，经历了 17 天的加速和 19 天的减速，围着土星绕了大半圈，一头扎进土星环系统的高轨道空间站。

穿越土星环系统的旅程险象环生，那些构成土星环的冰块常常在舷窗边一闪而过，甚至尚来不及恐惧，它们已经远去了。班船颠簸不已，所有的乘客都只好把自己捆在座椅上，无声地祈祷着各种神灵的名字。

眼前，一颗橙红色的星球渐近，在土星环黑暗的背景上化作最明亮的光点。近了，更近了，光点铺展成大地，云雾弥漫了天空。飞船一头扎进浓密的提坦大气，在高温摩擦之下，一线线火光在舷窗外肆意奔流。

当飞船终于降落在提坦星——土星第六卫星的鄂支港口航站

里的时候，所有人都松了口气，他们解开安全带，站起身来，从地面服务人员手中接过提坦星的特色服装——人手一套的压力气密服。很快，各色旅客都变成了差不多的模样：身着绿色和白色条纹相间的压力服的臃肿人影，在 $\frac{1}{7}G$ 的本地重力下跌跌撞撞，笨拙得仿佛一群企鹅。当渐渐适应之后，旅客们开始轻松起来，三五个聚在一起，调试着密闭头盔里的通信器，一边闲谈，一边等待那些将他们载往这个星球各地的航船。

不过，无论在什么时候、什么地方，只要有两个或者更多考古学家聚到一起，你就可以一眼把他们与周围的人群区分开来。微微皱起的眉头，紧绷的嘴角，若有所思的眼神，手里提着的古怪工具，还有满口外人听不懂的考古术语……

看起来，他们仿佛和那些废墟一样古老。

严思苦笑了一下，把目光转向基地的落地长窗外。这里是鄂支港，提坦星最大的空／海港口，天穹中橙红色的微光照亮海面上停泊的一艘艘碟船，空气澄澈，海平线看起来异常切近，在天宇尽头微微弯曲，提醒着访客们：他们如今身处一颗比地球小得多的星球。

一架小型飞艇冲破浓密的橘色云雾，进入严思的视线。它像一条活泼的海豚游过天空，迅速接近航站。两名地面人员跑过去，抓住吊舱里垂下来的锚线，将它固定在绞盘上，飞艇开始缓缓下降。

但很明显，那名驾驶员并不打算等飞艇落地，严思瞪大眼睛，看到一个瘦高的身影直接从三十多米高处跳出了吊舱。他惊恐的尖叫瞬间被卡在喉咙里——那个身影展开压力服双臂下方的滑翼，鸟儿般轻盈地划了半个圆弧，像一片没什么重量的羽毛一样从容地落在地上。

在这里，人类可以飞得像天使一样优雅。

严思的目光紧紧盯着那个驾驶员，她——他可以从压力服的特征上断定她的性别——和地勤人员打过招呼，就走向离候船大厅最近的气密门，嘶嘶的声音响起，提坦星的迷雾被排放出去，而适合人类呼吸的空气则补充进来。

"天气晴好，能见度 120km，气温 −178℃。"轻快的女声在考古学家的通信频道里响起，如严思所料，那个瘦高的女驾驶员正大步向他们走来。她摆弄了一下头盔，反光镜面褪去，透过面罩可以看到一张年轻的笑脸。

一个本地女孩儿，在提坦星出生的第二代。

"各位，你们好，欢迎来到提坦。"她笑着向这些来自地球的访客点了点头，"我是安纳峡谷的伊西娜莉·陈，担任你们在接下来一段时间内的考察向导——你们可以叫我伊西。"她扫了一眼手腕上的通信器，"今天是第一天，你们是希望稍作休息，还是立刻开始工作？"

"立刻开始工作。"严思努力不让自己被她美丽的脸庞分神，"我是队长严思。你好，伊西。"

"你好。"她露齿一笑，轻快地转身，省略了握手的礼节，"那就跟我来吧，如您所知，我们的时间都很有限。"

很快，他们便登上了最大的那艘密封碟船[*]，航船像笨拙的鲸鱼般划开波浪，离开鄂支港，向前驶去。

航行了大约半个小时后，严思便看到远方海平线上浮起一柱黑色的山峰，那是安纳峡谷的地标、提坦星上最高的山峰维尔坎峰。碟船在维尔坎峭壁南侧的海面上下锚，波浪轻轻摇动着这些远来的访客们。

"各位。"伊西转过身来，打量着这些考古学家，"在我们开始潜海前，请检查并穿好你们的装备，务必检查呼吸管、漂浮气囊和隔热设施，液态甲烷的比重只有水的零点四倍，你们很容易像石头一样沉下去，但是没那么容易浮上来。"她露齿一笑，"不过我们会尽量保证大家的安全。"

我们是潜海，不是潜"水"。严思微微皱起了眉头。眼前是广袤的鄂支海，波光潋滟，水浪粼粼，很容易让人误以为自己身处地球上的海洋——而事实上，这片海洋几乎完全由液态甲烷构成。

-178℃。他再度提醒自己，这是一个和地球截然不同的世界……

"您先请。"伊西的声音把他吓了一跳，回过头，瘦高的本地女孩已经穿戴齐整，站在他身后，"我们该潜下去了，您先？或者我们一起？"

"啊，一起。"他略有些慌乱地回答，让女孩为他检查呼吸

---

* 液态甲烷具有和水不同的某些性质，比如可以渗入很多类型的材料。密封碟船是一种应对措施。

管、气囊和冷动力推进器，扣好头盔，打开通信频道。

"走。"伊西的手拍了他的后背一下，两人双双跌进深蓝黑色的海洋深处。

他们像石头一样下沉。

这种说法并不完全准确，至少对严思而言，他觉得自己更像是一片在雾霭中沾湿后缓缓飘落的羽毛。土卫六——提坦的引力尚不足地球的五分之一，这带来某种奇妙的轻盈感，混淆了他在海洋中下沉时候的感觉。在他和伊西身后，几个人影先后潜下来，落在平坦的海床上。

"我们需要走一会儿。"伊西透过头盔里内置的通信器说。

他们慢慢走在海底，海"水"带来轻微的阻力，然而并不会令人疲惫，事实上，严思觉得自己过于轻盈了，略一用力踏步，便会离开海底，漂浮起来，好一会儿才能重新踩实地面。考古队的其他成员也好不到哪儿去，像一群笨拙的企鹅跌跌撞撞跟在伊西的身后。伊西步伐轻盈流畅，像一只优雅的水鸟，时不时回过身，点点头，等着他们跟上来。

走过不远，海床开始微微向下倾斜，从海面透过的光线变得黯淡，伊西打开一盏冷光灯 *，苍白的光线照亮阴沉的暗影，而冰墟几乎是突如其来地出现在他们面前。

---

* −178℃的星球上，你不可能随意使用任何高温物体，即使是 37℃的保暖器也会瞬间令甲烷海洋沸腾——甚至爆炸。冷动力推进器和冷光灯都是为了适应提坦自然环境而开发的技术。

在昏暗的水波光影下，这片废墟看上去像一些不甚真实的幻象。严思小心翼翼地靠近它们，巨大的建筑残骸在冷光灯的照耀下呈现出灰白的颜色，一人多高的柱体和墙面倾斜着戳在海床上，仿佛一个巨人死后残余的骸骨。

"检查一下你们的隔热服。"他打开通信频道，听到自己话语的回声微微发抖——这些废墟是由水冰和有机化合物黏质混合修筑而成，在零下两百度的温度下，它们像地球上的石头一样坚固。而提坦星人，那些业已消失很久的古老智慧生命，将文字刻在冰上，就像古山顶洞人刻画甲骨、古埃及人刻画石板一样。

但是，人类的呼吸和体温对这些废墟而言，就像流动的岩浆一样灼热。

考古学家们身上穿着的隔热服装可以隔绝近零下两百度的寒气，同时也将他们产生的热量包裹在内，不至于散佚出来，从而达成对探险者和废墟的双向保护。

严思检查完自己和队友的服装，打着手势，示意同事们可以接近废墟。借着冷光，他看到墙面上刻画着的图案和一些类似文字的符号，考古学家的本能开始在他的血液里沸腾。

"动手吧，快一点。"他嘟囔着。

考古学家们迅速忙碌起来。他们必须尽快完成这个废墟的调查和记录。因为用不了多久，当提坦星的地球化改造运动推进到鄂支海南岸的时候，这些冰废墟都将在沸腾的蒸汽下融化殆尽，就像清晨的露珠沐浴在阳光下一样。

严思一边采集和拍摄那些样本，一边抽空回头看了一眼他们的向导。那个女孩静静站在一旁，时不时搭一把手。似乎感受到了严思的注视，她抬起头来看了他一眼，目光中透出一抹淡淡的苦涩。

鄢支海底有上百个这样的废墟，而提坦星开发公司只给了他们不到两个星期的时间。

"我们的时间不够，伊西。"严思打开私人频道，向她抱怨道，"调查一个这样的废墟就需要至少三天！"

"我的家族已经尽力来帮助你们了，抓紧你现在的时间吧，严老师。"伊西温和地回答，"在风暴月到来之前，尽可能多做一些事情。"

二、风暴月

提坦星移民们采用的历法和地球上没有太大差别，仍旧沿用了地球的标准小时、天和星期来度量时间。但是在提坦星特殊的自然条件下，漫长的土星年被分成若干个不等的月份，而本地人按照这些月历来规划自己的生活。

在风暴月里，并没有肉眼可见的狂风骤雨，然而此时，提坦（土卫六）的轨道位于土星磁场之外，来自太阳和宇宙的粒子风暴长驱直入，不停地轰击着这颗星球。天空中极光萦绕，万紫千红，但是这美景下掩藏着的惊人辐射，对每一个行走在地表的人类而言都是致命的。

于是我们就只能像鼹鼠一样躲在安纳峡谷底下，浪费每一分钟本来应该可以用来抢救发掘冰墟的时间。

严思恼怒地把磁感笔投向手写板，他觉得待在这里的每一分钟都是煎熬。是的，他在研究那些冰墟拓片，但是任何时候任何地方都可以研究那些拓片——而眼下——等风暴月过去，该死的地球化工程就要将沸腾的蒸汽排进鄂支海了！

电脑似乎完全无视了他烦躁的心情，液晶屏幕上，一个小小的图标跳动起来。

"您有一个访问，是否接入？"机械的合成女声问道。

"管他是谁，统统滚开……啊算了，接进来吧。"严思皱起眉头。

"错误 404，模糊命令无法识别。"

"接进来，蠢货！"他咆哮道。

是伊西，伊西娜莉·陈，那个本地女孩儿，她活泼的笑容出现在视像框里的时候，严思觉得自己的心情变好了一些。

"你好，伊西。"

"你好，严老师。"伊西歪着头露出一个有点紧张的笑容，"我们的一支小队在捕风隧道里发现了类似冰墟的东西，您能不能过来一趟，如果有必要的话，我想带您去看看。"

严思精神一振，"捕风隧道？"

"就是维尔坎峰内部的古隧道。"伊西解释说,"在人类定居这里之前就有了,我们一直利用它们作为峡谷地下居所的气体交换通路。前几天,有人在古隧道内部发现了一批废墟,看上去和冰墟很像。"

"哦,太好了,我这就去——"严思突然想起了风暴月的麻烦,"现在可以调查它们吗,我是说,太阳风暴——"

她笑了起来,"哦不,不需要担心,隧道上方是数百米厚的山体。您现在、眼下、立刻就可以展开考古调查。"

"哦太好了,伊西,谢谢你告诉我这个消息!"严思跳了起来,开始准备出行的用品。

"我在家族隧道口等您。"女孩儿笑着结束了通信。

提坦星上并无统一的政府和公共机构。每一个地下城市都由几个到十几个家族组成。这些大家族联合起来提供教育、医疗等公共保障,而另一方面,他们各自有各自的商业机构,以一个个公司的身份对外展开交流。

伊西的家族是安纳峡谷最大的家族,这个家族混合了东方人和中亚的部分血统,主要由首批提坦星开拓者及其后裔构成。他们的商业计划和公共设施庞大复杂,相互牵连,每一个成员都身在其中,而且必不可少。

严思来到伊西家族的隧道口时,她正在和一名陌生人争论着什么。

"伊西娜莉,我们需要更高的重力井补偿,虽然说我们很乐于用铝换你们的甲烷，但是你们的重力消耗只有我们的 40%——你们给的重力补偿配额太低了。"那个陌生人舞动着双手，看上去很是急切。

"常例如此。"伊西面无表情地回答，"我们几年来一直是按照最初商定的配额，每吨货物补偿你们 0.27% 的氢。这个额度是火星的三倍。"

"但是火星的氢价值是地球的五倍，按照碳标准配额来算。"那个商人模样的家伙皱起了眉头，"而且你们最近提高了给他们的补偿配额！"

"那是因为他们运货到这里，只有木星一个行星弹弓*可以用，而你们的运货路线一直是使用金星和木星的双弹弓系统，相对来说节省了很多燃料消耗。"伊西的语气里透出一点不耐烦，"我们不是已经在会议上讨论过这些问题了吗？"

那个男人丧气地垂下肩膀，但仍然试图做最后的尝试，"我们可以提供火星无法提供的铝，伊西，你们只能从他们那里买铁。而且，你不能因为行星弹弓节约了重力消耗，就对多付出的时间成本忽略不计。"

伊西叹了口气，点点头，"那这样吧，请你提交一份新的运输成本估算，我会在下一次家族会议的时候转达你的意见，但是不要抱太大的期望。"

那个男人露出热切的笑容，近乎夸张地握着她的手，连声道

---

* 指利用行星的重力场来给太空探测船加速，将它甩向下一个目标，也就是把行星当作"引力助推器"。

谢。又说了很多客套话才离开。女孩叹了口气，厌倦地垂下肩膀。

"伊西，"严思赶紧走过去，暗自祈祷她不会因为自己方才旁观的行为而不愉快，"下午好。"

"下午好，严老师。"伊西已经抬起头来，一扫方才的阴霾表情，明朗地笑了起来，"你迟到了。"

"抱歉。"严思有些窘迫，"我们……呃，我是说，带我去看看那些隧道里的冰墟吧。"

"好的，来吧。"她露齿一笑，轻快地迈开了步伐。

捕风隧道位于人类居住的地下隧道尽头，黑暗幽深，一直延伸入维尔坎峰腹地。据伊西说，提坦星定居者们并没有开发这些隧道，除了和居住隧道接壤处的气密门之外，多年来捕风隧道一直保持着原有的风貌。

她带着严思换上压力服，穿过气密门，走进隧道深处。呼啸的风在石壁上切割出尖锐的声音，除此之外，只有他们的脚步声低低回响。这些隧道弯曲复杂，岔路迭出，粗糙的窄石阶纵贯其间，严思跟在伊西身后，艰难地拾级而上。

"这些台阶是我们凿出来的。"伊西通过通信机说，"有些时候需要穿过这里爬上去。"她抬手指了指前方，然而严思只看到一片没有尽头的黑暗。

他们走了大约一个多小时，伊西突然弯下腰，从一条只有半人高的通道爬了进去。严思愣了一下，也跟了进去。

"当心膝盖的压力垫。"伊西提醒着他。喇叭形的隧道渐渐变得高而宽阔，她直起腰，大步向前，然后跳下一段台阶。

"来，跳下来。"

严思完全没有听到她的话，只是目瞪口呆地盯着眼前的景色。

微红的天光从头顶那一线裂隙投射下来，照亮眼前巨大的岩洞，它几乎赶得上十个地球博物馆那么大，空旷的岩洞里矗立着一方灰白色的巨冰，它呈现出标准的正方形，长宽高都丝毫不差，虽然岁月磨砺，棱角已经微微模糊，但是在冰上刻画的文字和图像依旧清晰如昨。四周光洁的褐色石壁上也浮现出隐约的线条，和冰上的图像有着统一的风格。

伊西引着严思走向巨大的冰碑。一路上，他们绕过了大大小小的冰砾，这些冰块上也刻有各种字迹——在近零下两百度的低温中，它们安然度过了如许漫长的岁月，如岩石一般不可撼摇。

两个人影正守在那一方冰碑前，从他们瘦高的身材和轻快的动作来判断，应该是本地出生的年轻人。伊西向他们打了个招呼。

"联系到太阳网了吗？"她问。

"联系到了。他们很快会过来。"一个年轻人回答。

"让他们在安全线外面拍摄，再叫几个人过来，这个地方要优先给望沙大学的考古学家们调查。"伊西的话语里透出某种力度，那名年轻人没有多说什么，掉头离去了。

"太阳网？"严思迷惑地问。

"一旦地球化工程开始，这些隧道的温度将会被提高到15℃。你现在眼前看到的一切……所有的，包括那些刻在岩壁冰层上的文字……统统都会变成一摊水。我们不缺水，但是我们缺少……历史和信仰。"年轻提坦女孩的声音略显焦躁，"严老师，我们必须借助媒体的力量来阻止这该死的地球化工程……那些家族，他们或许不会听我们的，但是他们会迫于媒体的压力停手。粗暴地摧毁另一个文明种族的遗迹……这种罪名他们担不起。"

严思突然明白了她的计划。"伊西，你从一开始，就是在利用我们，对不对？利用我们这些考古学家调查冰墟的行动，来拖延地球化工程的时间，直到——你们找到足以对抗地球化工程利益的东西为止？"

伊西转过头来微微一笑，"难道这不值得吗？严老师？"

严思哑然。顺着她的目光，他望向那一方灰白的冰碑，在朝向他们的这一面上，刻着生动形象的图画，无论是什么种族，都不会错认它们表达的内容：一些圆形和椭圆形的生物，游出深深的甲烷海，在提坦星冰冻的表面生活，改变，发展，建造城市……最终飞向无垠的宇宙。

"他们和我们一样。"严思感叹道。

"不，不一样。"伊西低声说。

严思迷惑地转头看着她，提坦星女孩的黑色双眼静静迎上他的目光，透出深深的苦涩。

三、提坦星的女儿

风暴月结束之后，迫于媒体和几个大家族的压力，提坦星的地球化工程不得不改变选址，从安纳峡谷挪到了玫瑰平原，所有人都皆大欢喜，考古学家和原住民们举杯欢庆。然而伊西却日渐阴沉起来。

"不管怎么样，你们赢了，而我们也有更多的时间调查冰墟了。"严思试图安慰这个憔悴的女孩儿。然而她只是轻轻摇了摇头。

"不……严老师，我并不是为了保护冰墟才反对地球化，我反对的是地球化这种行为本身。"伊西柔声说。

"但是，地球化不好吗？我们可以在天幕下脱去压力服，自由地行走，放肆地呼吸，不需要担心风暴月、严寒和大气压力……"严思猛地住了口，因为伊西正阴郁而愤怒地瞪着他。

许久，她才疲惫地叹了口气，"我能邀请您做一次长途旅行吗？严老师？"

他们搭乘提坦星的定时飞艇航班穿过鄂支海，巨大的红褐色气囊看起来仿佛一条在风中悠游的鱼，腹鳍上拖着小小的卵囊一样的吊舱。伊西再度表现得和从前一般开朗，然而严思已经深晓她欢笑面具背后的忧郁神情。

"我们这是去哪儿？"他问，地平线上隐约可见土星巨大的形体，拱门一般浮出天际。他们正跨越明暗线，来到这颗卫星永远向着土星的那一半区域。

"玫瑰平原。"伊西笑笑，"我想让您看看那儿不属于地球化工程的一些东西。"

这趟旅程漫长艰苦，下了飞艇，他们又租赁一艘船，跨越大平原的内海——镶金海，在细密的甲烷雨中，两人终于抵达了目的地。

此时的玫瑰平原已经变成一个巨大的施工现场，纤细的穹顶骨架针一般刺向天空，彩虹一样横跨大地，绵延数公里之远。细小的自动机器人在骨架间来来去去，编织着穹顶材料的支撑网格。当整个穹顶落成之后，里面将按照地球大气的配比和压力充入气体，并将气温调节到对于人体最适宜的 22 摄氏度。这里将成为一个美丽的温室，当人们生活在其中的时候，或许就不会再思念遥远的地球了吧？

伊西扫了一眼穹顶工地，便别过头去，她跳下船，沿着镶金海的海岸线走去，这里尚无人踏足，细碎的冰砾被甲烷波浪推上滩涂，又带入海中，白色的和灰白色的晶体构成沙滩，在他们的脚下发出细碎的声响。她以本地人独有的步伐快速行走，几乎像是要飞起来，严思跌跌撞撞跟在她身后，不住地喘息。

他们绕过海湾，进入内陆。伊西停下脚步，做了一个手势。但是严思已经顿住了步伐。

他看到了一片水晶的森林。

那些晶簇大约有半人高，看上去异常纤细脆弱。如果是在地球，它们多半已经碎落一地。但是在提坦星微弱的引力和浓密的大气条件下，它们生长成各种美丽的晶花、晶笋、晶树和晶针，银色、天蓝色、黑色和浅紫色的各种晶簇鳞次栉比，无数晶面折射着橘红色天空炫目的光彩。

"天呐。"严思低声惊叹着。

"别着急。"伊西的神情也开朗起来，她看了看腕表，"还有20分钟。"

"什么？"

"土卫五最近点。"她笑了笑，"到时候有好戏看。"

时间一分一分流逝，严思抬起头，橘红色的大气浓密沉重，土星的光线折射天穹，根本看不到细小的土卫五在什么地方，然而伊西似乎笃定了会发生什么事情，她明快的笑容多日之后再度爬上了脸庞。

"时间差不多了，严老师，到上面来。"

伊西爬到一大块冰砾岩上面，向严思招手，他满腹疑惑地跟过去，学着伊西的样子爬上去，趴在冰上，盯着那片水晶森林。好一会儿也没见到有什么动静。倒是身后的波涛声越来越近，他回过头，看到一层叠一层的浪头卷过来，一点点漫过他们方才站着的地方。

涨潮了。

在土卫五的引力下，海浪越过冰砾岩，挺进这片美丽的水晶森林，在严思的头盔里，一阵细密的声音响起，过了好一会儿，他才意识到这是那些晶簇发出的声音。

突然，"啾"的一声尖响，就像严思小时候玩过的"穿天猴儿"爆竹一样，有什么东西撕破空气冲向天空。伊西按住他的手，压低声音："趴下，看！"

他瞪大了眼睛。

那些管状晶簇在海浪拍击下微微战栗着，而嵌在晶管内的尖尖晶体被某种巨大的力量挤压出来，然后猛然冲向天际，消失在橙红色的云层深处。凡是海浪漫过之处，都有晶簇的焰火绚丽地发射出去，犹如一场逆向天际的水晶暴雨。

不知道过了多久，这场暴雨才渐渐停歇，海浪退去，严思想要爬下冰砾岩，才发现腿脚早已酸麻。伊西扶着他，小心地跳到滩涂上。

"那是什么？"严思敬畏地吐出一口气，低声问。

"烃类。"伊西耸耸肩，"碳和氢的长链化合物，或许再加上一点儿氮。在 -178℃的状况下结晶生成。那些白痴科学家是这么说的。"

"但是那……那没这么简单。"

"是没这么简单。"伊西转过身，明亮的眼睛里燃烧着激动的火焰，"我和我的同学们对这些东西做过一系列的研究。这些长链的碳氢化合物分子在低温下折叠成特有的三维立体结构，这些立体结构储存了特定信息，它们按照一定的规律撷取空气中的甲烷分子，组成新的碳氢化合物，复制自己。

"但是在这里，还不行，温度不够低。它们聚集成晶簇、晶管和晶须，还有饱满的晶核。当土卫五经过天顶，潮头漫上来的时候，它们独特的三维结构催化液态氨发生反应，产生大量氢气和氮气，用气压将晶核从晶管推出去，穿越大气，脱离提坦星的引力，进入土星环系统。

"绝大多数晶核都散佚了，但是一部分可以进入土卫五的卫星环，在那里，它们和土卫五火山喷发的硫元素碰撞，结合，在足够低的温度下形成足够坚固的晶核，然后在漫长的土星环系统中漂流，直到落回提坦表面，诱导甲烷分子生成新的化合物。一颗晶核就可以造就你眼前这片晶林。但是，他们说……"

伊西轻轻叹了口气，"那些地球系统的科学家们说，这些东西没有DNA，所以算不得'生物'，但是严老师，您能否告诉我，如果它们不算生物，那么我们算什么？那些留下冰墟，最终离开这颗星球的古提坦星人，又算什么？只不过是……只不过是为了建筑一个地球温室……最终，这些……"她的手臂在晶簇上方划了一个半圆，"都会消失。"

"你曾经做出过努力。"严思搜肠刮肚寻找着可以安慰面前这个女孩的词句。

"是的，但是那没有用，就像……就像试图用冰堵住鄂支河一样，无论你怎么努力，他们从来不会听信你，而且总能够绕开你……我父母那一代移民都从地球来，他们总是说起地球，地球，地球……可是我们这一代和地球有什么关系，我们是属于提坦的，生在提坦，长在提坦。如果我们去地球，那里的重力和空气只会给我们带来骨折和肺部感染！我们应当向上，到太空里去，到上面去，而不是回到地球上去！"伊西孩子气地用力跺了跺脚，"我恨地球！"

"我们都从那儿来。"严思柔声说。

"我知道。"伊西抬起头，黑色的双眼仿佛冰冷的顽石，"但是我想成为提坦人——"她向着那些晶簇点了点头,"我想成为和它们同一时代的那些提坦人。"

四、大撤退

一年零三个标准月后,严思为了完成自己关于冰墟调查的论文,再度造访了提坦星。他没有在安纳峡谷大学找到伊西,捕风隧道和鄂支海的冰墟仍在,但是玫瑰平原上的地球温室已经落成,而那片晶林所在之处早已化作一个飞艇起降平台。

"陈"家族的人告诉他,伊西现在在提坦环轨道上,研究那些环绕土卫六和土卫五的晶核。已经很久没有回来了。

严思叹了口气,顺手将写有伊西联系号码的纸条揣进口袋。道谢,告别,走出陈家的大屋。

如今,这里被称作玫瑰城,七万六千多名提坦星居民住在四季如春的泡状穹顶里,不需要压力服,不需要担心风暴月,不需要担心寒冷和气压过高,也不需要挖掘每15米一道气密门的地下隧道。他们衣着轻松随意,自由自在地在穹顶下各式各样的建筑间穿行。每个人都微笑着,自信而且自豪。

然而,在这里待得越久,他就越容易想起伊西明亮的黑眼睛,以及忧郁的神情。在收集了一些资料后,严思终于再也无法忍受,申请了一辆碟船和一套潜水设备,决定出发去探看镶金海南部残存的两组冰墟。它们和鄂支海的冰墟有着细微差别,或许可以由此证明,当年的古提坦星人也和人类一样有地域之分。

　　他独自一人出行，驾驶着碟船穿过镶金海南侧水域，土星的光芒在橘色的雾霭里闪烁，照亮玫瑰城的穹顶，仿佛诸神俯瞰的目光。海浪拍打船翼的声音伴着通信频道里沙沙的白噪音，除此之外，一片静谧。

　　按照原计划，他略微向西偏移航线，来到新崇明冰岛上设置的考察站。当他到达目的地的时候，微微吃了一惊——涌动的海浪舔着灰白的冰体，原本颇具规模的岛屿已经被上涨的海面淹没，只剩下一片几十平方米的冰礁。小小的考察站孤零零戳在上面，仿佛一块被遗忘了许久的化石。

　　严思将船锚在冰礁南侧较为平坦的斜坡上，跳下船，沿着半淹没的阶梯爬上冰礁顶端，进入考察站。仓库里还有一些考古物资，他取走自己所需的部分，并且将清单登记在旁边放置的笔记本上——看到前人留下的潦草笔记，他好奇地翻动了一下。

　　这个本子的前半部分是考察站的工作日志，很显然，一年前，新崇明冰岛还担负着镶金海南侧冰墟的考察任务。但是不到六个月的时间，人类的活动使得提坦星的气温急剧上升，海平面上涨，于是大部分人员都先后撤出了这里，最后只留下部分补给品，只提供短时间的考古研究支持。事实上，这个考察站目前处于半废弃的状态。

　　严思叹了口气，放下本子。一年前和伊西路过此地时候，考察站的热闹景象仍旧历历在目，而今物是人非，只有单调的波涛声一如既往。

　　然而，这荒废的考察站仿佛某种不好的预兆，给他接下来的行程笼罩了一层隐约的阴霾。由于海平面上涨，他不得不潜到更深处，才能展开对冰墟的调查，不够长的保险绳浪费了他好几个小时，辛辛苦苦完成的拓片又在一场突如其来的甲烷雨中彻底泡了汤……

在这片海域的冰墟中工作了五个标准日后，严思疲惫不堪地调转船头，向着考察站开去，一心想着能够在考察站地下的隧道里好好休息一下。然而当他来到地图上标识的海域时，却完全没有看到考察站的影子。

船底声呐传来暗礁的警告，这时，他才惊觉海面上伸出的一线铁柱，其实是考察站旗杆的末梢。海面在短短几天内上涨了近十米，整个新崇明岛已经完全淹没在波浪之下。

他愣了好半天，才想起来接入提坦星的通信网络，很快，玫瑰城方面就回应了他。对方说，海平面的急剧上涨是由于地球化工程的大量热排放造成的，他们正在应对由此出现的一系列问题，目前，建议他向西前往南岛，和那里驻扎的一个家族汇合。

严思驱船前往，正好赶上大撤退的最后一班航船。

他在视频连线上看到了玫瑰城大毁灭的全过程。上涨的液态甲烷海面侵入了玫瑰城架设在陆地上的热渠，引发了一场惊天动地的大爆炸，原本坚实的穹顶像蛋壳般被掀开，而得到预警穿上防护服的居民还不到五分之一。

严思呆呆地看着那些人群像蚂蚁窝里的蚂蚁一样奔跑，挥舞双手，最终在零下一百多摄氏度的寒冷中冻僵——或在那之前就因为窒息而死亡——他们先后倒下去，冻结成寒风里苍白的群像。

他再也不忍看下去，别过头望着广阔的玫瑰海，远方的海岸线已经若隐若现。

"我们这是要去哪里？"他问。

"安纳峡谷。"和他同行的一名玫瑰城幸存者低声回答，"我们必须在风暴月来临之前赶到那里。"

严思倒吸了一口凉气。

从资料里他已经了解到，玫瑰城建成之后，绝大部分地下居所都已经关闭和废弃。只有伊西娜莉·陈的家族仍然坚持居住在安纳峡谷，他们开发了捕风隧道和冰墟的旅游业，并以此获利来维持地下居所的运转。

没有了玫瑰城，安纳峡谷成了提坦星上唯一可以为数万幸存者提供庇护来度过风暴月的地方。

严思看了一眼腕表：离风暴月的来临只剩三天。

五、深海鱼

抵达安纳峡谷之后，严思才发现：由于海平面的上涨，安纳峡谷也被迫关闭了绝大多数产热设备，将维生设施和各种材料都搬入了捕风隧道的上层。除了那些有冰墟的隧道被关闭封死之外，绝大部分隧道里都挤满了难民，很多人即使身处气密隧道里，仍然不敢摘下头盔。玫瑰城大爆炸的惨剧在他们的心里刻下了沉重的阴影，挥之不去。

自告奋勇地，严思担任起了为难民分发物资的任务。虽然他的行动和任何一个地球佬一样笨拙，但是来自地球的他有着比本地居民更强的体力和耐力，很多时候他一个人可以工作两个班而不觉疲惫。

来自太阳的无形风暴敲打着提坦星的地表，物资渐渐匮乏，却无法获得补充。本来安纳峡谷隧道里的碳配额就不多，仅仅是为了供给游客和少量的本地居民。如今难民的消耗剧增，但是短时间内碳循环无法为这么多的人供给食物。

"我们必须联系土星环高轨空间站。"一个年轻人挥舞着手叫道，"我们需要获得支援！"

"你要怎么从地下数百米的地方把信息送出去？"一个老技术员反问。

年轻人的脸顿时涨得通红。

"我们或许可以到捕风隧道顶端去，那里直接通往维尔坎峰顶。"另一个声音说。

周围人的眼睛都亮了起来，但是那个老技术员再一次摇了摇头，"维尔坎峰位于土星面*。"他苦笑着说，"我们所处的位置跟高轨空间站正好相反，中间隔着一整颗提坦星球。几颗能够中转的卫星，核心控制系统都在玫瑰城。"

沉默在隧道里蔓延开来。

---

* 提坦星的公转周期和自转相同，因此向着土星的一面永远向着土星，被土星的折射光照亮。这一半星球被称为"土星面"，另一面则被称为"阴面"。

"我有办法。"一个清亮的女声传来,"只要有一件能够抵御太阳风的防护服,还有一个喷气式压力包就行。"

严思吃了一惊,抬起头,正好看到伊西娜莉·陈明亮的眼睛。

他陪她爬上捕风隧道的最顶端,这是一段近乎笔直的竖井,有人在上面开凿了一圈一圈螺旋形的阶梯。

无论如何,这一米半高的台阶绝对不是为地球人设计的。严思这样想着,用力伸手搭住上面一层阶梯的边缘,使劲儿把自己拽上去。

"你应该跳,跳起来更容易一些。"伊西娜莉轻笑着,伸手拉了他一把。

"我怕跳到外面去。"他喘着粗气,不太敢看脚下数百米的深渊。

"唉,你这条深海鱼。"伊西咯咯笑了起来,灵巧地跳到上面一层阶梯。

"深海鱼?"

"当然,你就是深海鱼,地球佬都是深海鱼。"伊西笑着说,两人一起向上攀去,"如果把重力看成一片海,重力接近0的宇宙空间是海面,那么地球那个大引力井就是一条大海沟,你们都是生活在里面的深海鱼。"

"那你是浅海鱼?"严思打趣她。

"当然。"她灵巧地攀登着,"严老师,我研究了土卫五上面的冰墟,还有月球上的。那些生物在进入科技时代之前,就已经进入宇宙了。对吧？"

"嗯。"那是严思论文上的一个重要观点，但他不知道为何伊西要在现在提起。

"他们才是真正的浅海鱼，他们只需要一跃，就可以进入宇宙，而我们为了这一点攀登了 100 万年。"伊西耸耸肩，"喷气式火箭对我们来说是科技结晶，但是对他们来说是天生的繁殖方式——我现在打算学习那些家伙，从维尔坎峰顶跳进宇宙去。"

严思倒吸了一口气——但是他知道，这是完全可行的。

"你为什么在下面的时候不告诉他们？"他问。

"然后让我亲爱的妈妈一把鼻涕一把泪地拦住我去冒险的尝试？那可不行。"伊西笑了起来。"从这里飘进轨道只需要一点推力，很少的一点。防护服喷气包的推力就够。然后我可以跟着晶核走，那些晶核一路飘到土卫五，但是我用不着飘那么远，只需要向着阴面漂移大概一百公里左右，就可以联系到高轨基地了。"

"我可不放心你一个人去。"严思皱起眉头。

"防护泡只有一个，老师。"伊西耸了耸肩，"我知道自己在干什么，老师。我不是小孩子了。"

严思一时无话，两人继续向上攀登。

致命的意外发生在他们几乎看到竖井顶端的岩石那一刻。一路上的阶梯都还完好，但是越靠近峰顶，就越破碎模糊——甲烷雨的侵蚀，气温的上升……严思不知道是什么原因令这些冰和岩石混合物的阶梯变得支离破碎，他只知道当伊西跳起来的时候，一块阶梯在她的脚下崩塌了下来。

"哦?"他听到通信频道里传来她惊愕的低语。然后前面那个纤白的背影就跌了下去。

"伊西!"他伸手去抓,却没能抓住——两人相隔很远,而伊西下落的速度太快。

竖井狭窄高峻,气流湍急。严思看到伊西两次试图展开防护服上的滑翔翼,但结果只是让她重重地撞向井壁。最后他听到沉重的落地撞击声,在阴暗的竖井里不断回响。

他掉过头,一步一跳地向下奔去。大声喊着伊西的名字。

"老师。"一缕细弱的声音传来,严思屏住呼吸,加快了向下的脚步。

"伊西,你还好吗?"

"老师,你知道吗……"女孩儿的轻笑声里夹杂着喘息声和汩汩的血流声,她跌断了脊骨?还是肋骨戳到了肺?严思打开通信频道呼叫安纳峡谷的帮助,但是竖井四周的岩石太厚,根本没法维持通信。

"老师……"伊西的声音渐渐变成呓语,"我们都是深海鱼,你也是,我们也是,我们生在深海里,我们需要地球化,是因为只有把深海里的环境搬上海面,我们这些深海鱼才能活下去。可是想要活在浅海真的很难很难,因为我们是深海鱼,浮上海面就会死去。"

"别胡说,伊西,我们已经在海面了不是吗?我们已经浮上来了，我们会活下去的！伊西！”严思绝望地对着通信器吼叫。

“那些星星真的好美，好想到那里去，我想追上那些已经离开的生物，告诉他们，我们这些深海鱼也能……”女孩的声音渐渐弱了下来，最后消失。

当严思下到竖井底部的时候，伊西已经停止了呼吸，她黑色的眼睛固执地望着竖井顶端那片小小的星空，被寒冷蒙上了一层惨白的薄翳。

沉默片刻后，严思从伊西的背包里拿出折叠好的防护泡和喷气装置，再一次向着维尔坎峰顶爬去。

当他展开双臂上的滑翔翼，打开喷气背包，像一只鸟儿般飞入提坦星的天穹时，碎冰般的群星俯瞰着他渺小的身影，每一颗星星都让他想起伊西的眼睛。

土卫六呼叫土星高轨基地。

土卫六呼叫土星高轨基地。

我是考古学家严思，我代表提坦星安纳峡谷及玫瑰城的幸存者向你们请求援助。我在提坦星同步轨道上向你们请求援助。安纳峡谷的坐标是……

尾声：长路

2090 年，根据考古学家严思从土卫五冰墟解读出的星图和实际观测结果，天文学家们敲定了第一个太阳系外可能适合移民的行星。伊西娜莉·陈的家族对此次移民计划投入了大笔资金。当委员会将探测器命名权交给严思的时候，他写下了"深海鱼号"几个字。

那段话刻在探测器的外壳上，也写在严思的星际考古学著作里。

我们不幸生为深海鱼，沉重的重力井束缚我们，使我们不得不计算重力配额，抵消重力束缚，艰难地一步一步迈向群星的海面，并为此付出从金钱到生命的各种代价。在这本书中描述的那些生命，因其得天独厚而走在了人类的前方，我们嫉妒它们，羡慕它们，寻找它们，研究它们……

但是有一个女孩说，我们应当追上它们。

她是一条不屈服于命运的深海鱼。

End

· 思想实验室

1. 结合上下文思考，伊西相信自己可以飞向宇宙的科学依据是什么？精神动力又是什么？

2. 小说中，人类在月球环形山内隧道发现了一个文明遗迹，这个废墟已经被弃置了两万年以上。请你想一想，地球上有哪些已经消失的文明？请你以两万年后外星人的眼光描述该文明。

3. 在小说中，"地球人"为了寻求适合自己生存的生活环境，不惜以破坏其他星球生态平衡、种族灭绝、消除文化差异的方式向宇宙中大肆扩张，地球人也为此付出惨重的代价。在小说结尾，人类将要向第一个太阳系外的行星移民。你认为"地球化"的故事还会再次发生吗？为什么？